D1732390

Das Winterwunder
an der Saale

Christiane Loertzer

Das Winterwunder an der Saale

Eine Weihnachtsgeschichte

Mit Illustrationen von Moritz Jason Wippermann

mitteldeutscher verlag

Für Anna

Winter 1781

Nur Russland kannte so eisige Winter. Darum kannte Annuschka diese Winter auch.

Frostige Luft umhüllte die Saale-Stadt seit Wochen. Wie in einer Eishöhle hatte sie sich festgesetzt, nur dass sie keine Grenzen kannte. Sie war überall. Durch jede Ritze zog sie hindurch; durch jede Masche im Wolltuch fand sie unerbittlich einen Weg auf die ohnehin frierende Haut.

Annuschka hatte ihren warmen, wundervoll in allen Rottönen schillernden Brokatmantel fest um ihren kleinen Körper gewickelt. Die Hände steckten in einem ungewöhnlich fremdländisch aussehenden Muff, der Kopf verschwand fast unter einer üppigen Fellkappe.

Annuschka fror eigentlich nicht wirklich. Aber dieses Gefühl tief drinnen – damit konnte es nicht einmal dieser Winter aufnehmen. Die Äste der Bäume stachen kahl und dunkel in die Luft. Kein Tier war zu sehen, außer den schwarzen Raben. Eine Stille überall, wie es nur der Winter vermag.

Annuschka kannte diese Kälte. Aber sie war ihr früher nie so leer, so kalt und kaltherzig, so fremd erschienen. Ihre Erinnerungen waren bunt – mit samtenen Kappen und Bommeln, mit funkelnden Laternen an Pferdeschlitten, goldenen Lichtern und Kerzenschein, Lachen, Tanz und kuscheligen Daunendecken in riesigen weichen Betten.

Jetzt stapfte sie im Schnee hinter Grunja her. Grunja nannten früher alle Gruschenka. Aber für Annuschka war sie schon immer nur Grunja. Sie war keine Frau, die viel sprach oder sich beschwerte; sie hatte ihr ganzes Leben die Dinge getan, die getan werden mussten. Grunja musste heute Holz finden, um die armselige Stube, in der beide lebten, wärmen zu können. Grunja hoffte, dass der Wind der letzten Nacht einige alte Äste von den Bäumen herabgeweht hatte. Weit konnten die beiden bei diesem Frost nicht kommen. Darum hatte Grunja beschlossen, am Saale-Ufer ihr Glück zu suchen. Auch sie spürte die Unbarmherzigkeit des Winters. Die alte Amme war wie Annuschka in viele Lagen Stoff eingehüllt, dicke Handschuhe aus Fell schützen die Hände, die einen alten Schlitten oder eine Art alten Karren auf Kufen zogen. Hier und da hob Grunja dünne Zweige oder Äste auf und lege sie auf den Schlitten. Viel war es nicht, aber besser als gar nichts.

Annuschka mit ihren zehn Jahren wusste zwar, dass ihre Hilfe nötig war. Aber die Natur hielt für sie trotz der einsamen Kälte doch andere Ablenkungen bereit. Kleine Atemwolken blies sie vor sich her und stellte sich vor, sie sei der eisige Nordwind. Oder sie warf den pulvrigen Schnee mit beiden Händen hoch in die Luft, sodass er in glitzernden Flöckchen auf sie herabrieselte. Da Annuschka dafür aber ihre Hände aus dem warmen Muff nehmen musste, ließ sie das bald bleiben und trottet hinter Grunja her. Ihr Blick schweifte durch die Landschaft und blieb am Fluss hängen.

Dort, wo das Wasser zu sehen war, spiegelte sich der Himmel dunkel in der Saale. Das Ufer aber und ein Großteil des Flusses selber waren bereits zugefroren; die Eisschollen drängten sich langsam auf der Wasseroberfläche. Annuschka dachte kurz an Sankt Petersburg und die Schlittenrennen auf der Newa.

Doch ein Schlitten auf der Saale? Das hatte Annuschka noch nie gesehen. Gerade wollte sie Grunja diese sensationelle Entdeckung zeigen. Da erkannte sie, dass ein Schlitten fehlte, nur ein Mensch war dort: „Grunja! Dort, auf dem Fluss – da ist ein Mensch!"

Grunja erkannte sofort, was Annuschka meinte. Auf der Saale, oder zumindest irgendwie auf dem Eise dort, lang ein Körper. Der Körper eines Kindes wohl.

Grunja ließ den Schlitten stehen und rannte hinter Annuschka, so schnell sie in ihrem Alter konnte, zum Ufer der Saale her. „Ana, pass auf! Das Ufer ist steil und glatt!" Beide kamen atemlos an der Böschung an. Der Körper auf dem Eis war tatsächlich ein Kind. Es war nicht allzu weit entfernt, aber doch zu weit für die beiden, um ihn ohne Weiteres erreichen zu können. „Grunja, was sollen wir tun? Wir müssen ihm helfen!“ Grunja war sich nicht sicher, ob dem kleinen Kerl, denn wie ein Junge sah es aus, noch zu helfen war. Er rührte sich nicht. Er lag mit dem Gesicht nach unten, hatte weder Jacke, Mütze noch Schal mehr an. Grunja sah sich verzweifelt nach einem Ast um. Aber auch dieser hätte nicht viel genützt, da der Junge nicht danach hätte greifen können. Annuschka rutschte langsam, nach und nach dem Wasser näher, ihre kleinen Arme streckte sie nach dem Eise aus.

„Ana, um Himmels willen, bleib dem Wasser fern. Wenn du hineinfällst, gehst du mit all deinen Kleidern sofort unter.“

„Aber Grunja, ich kann ihn doch nicht dort liegen lassen. Tu doch was!“

Grunja war hin- und hergerissen. Sie konnte im Grunde nur Hilfe holen. Das würde aber bedeuten, dass sie Annuschka hier allein am Fluss lassen musste, damit sie das Kind nicht aus den Augen verlor.

„Annuschka, ich muss Hilfe holen. Bleib du hier. Aber Annuschka, versprich mir, egal was passiert, du musst am sicheren Ufer bleiben. Versprich mir das!“

Annuschka nickte. Sie spürte die Eindringlichkeit in Grunjas Stimme. Grunja nickte ebenfalls knapp und warf ihr nochmal einen kurzen Blick zu, bevor sie sich abwandte. Annuschka wusste, eine andere Möglichkeit hatten sie nicht. Sie hatte keine Angst. Im Gegenteil. Sie hatte das Gefühl, hier an der Seite des Jungen Wache halten und ihn beschützen zu müssen. Solange sie hier war, würde ihm nichts zustoßen. Annuschka war sich da ganz sicher.

Den Blick fest auf den Fluss gerichtet, merkte Annuschka nicht, wie die Zeit verging. Es war aber keine lange Zeit. Denn Grunja hatte die Idee, an der nächstgelegenen Stelle durch die Stadtmauer zu schlüpfen, in der Hoffnung, dort Hilfe zu finden. Alles andere wäre viel zu weit gewesen. Jedenfalls zu weit für die Rettung des Jungen. Falls er noch zu retten war; was Grunja schon Annuschkas wegen hoffte.

Ihre Hoffnung erfüllte sich. Ein Mann versuchte, in einem Garten die Äste von der Last des Schnees zu befreien. Grunja rief und wedelte mit den Armen, sodass dem Mann schnell klar wurde, dass etwas nicht in Ordnung war. Er rannte ihr samt Gartengerät entgegen. Und das war ein Segen. Denn genau dieses Gerät war vonnöten. Grunja und der Mann erreichten Annuschka, die sich nicht von der Stelle gerührt hatte. Ohne lange zu zögern und ohne auf seine eigene Sicherheit zu achten, gelang es dem Mann, mit dem langen Gartengerät die Eisscholle samt Jungen näher an das Ufer zu holen. Annuschka hatte ihre Arme um Grunjas Mit-

te geschlungen und verfolgte gebannt das Geschehen. Grunja aber machte sich große Sorgen, ob das Unterfangen gelingen konnte. Eis ist tückisch und auch im härtesten Frost immer eine Gefahr. Als sie sah, dass der Mann versuchte, den Jungen zu erreichen, ließ sie Annuschka los und rutschte ihm langsam an der Böschung entgegen. Jetzt hielt Annuschka Grunja und Grunja hielt die Hand des fremden Mannes. Der Mann erreichte das Eis, zog es weiter mit Hilfe des Gartengerätes zu sich heran. Er ergriff das Kind und rettete es ans Ufer. Dann half er Grunja wieder die Böschung hinauf und hob ihr den Jungen entgegen, bevor er selber auf sicheren Boden zurückkletterte. Grunja bemerkte, dass er mindestens bis zu den Knien nass war. Eiskaltes Saale-Wasser durchdrängte seine Kleidung. Er atmete schwer.

Für Sorgen derart blieb jetzt aber keine Zeit. Grunja wandte sich dem Kind zu. Annuschka hatte sich bereits neben ihn in den Schnee geworfen. „Grunja, er ist ganz blass und eiskalt. Wir müssen ihn wärmen!"

Grunja tauschte mit dem Mann einen Blick. Es sah nicht gut aus für den Jungen. Beide beugten sich über ihn. Ein leiser Atem schien noch von dem Kind zu kommen. Auch jetzt wieder handelte der Mann schnell. Obwohl er selber schrecklich frieren musste, hüllte er das Kind in seine Jacke ein und hob ihn hoch.

Grunja ergriff den alten Schlitten und warf die gesammelten Zweige beiseite: „Hier, legen Sie den Knaben darauf."

Der Mann legte ihn behutsam auf den Schlitten und wollte ihn fest in seine Jacke einwickeln.

„Warte," rief Annuschka und nahm ihren Muff vom Hals und die Fellkappe vom Kopf. Sie setzte dem Knaben die Kappe auf, schob seine Hände in den Muff und den unter die Jacke des Mannes. Derart verpackt zogen sie den Schlitten so schnell wie möglich am Ufer der Saale entlang.

„Wissen Sie, wer das Kind ist?," fragte der Mann Grunja.

„Nein. Wir haben ihn noch nie gesehen. Annuschka hat ihn auf der Saale entdeckt. Was sollen wir nun tun? Er muss dringend ins Warme." Vorsichtig sah Grunja den fremden Mann an. Sie kannte ihn ebenfalls nicht. Aber er hatte schnell, umsichtig und ohne Rücksicht auf sich selbst gehandelt. Grunjas altes Herz sagte ihr, dass sie ihm vertrauen konnte.

Der Mann hob leicht den Kopf, der Blick schien kurz in die Ferne zu schweifen, als hoffe er, dort eine Antwort zu finden. Dann nickte er kaum wahrnehmbar, aber entschlossen: „Wir bringen ihn erst einmal zu mir in mein Haus. Das ist immer noch der nächste Weg." Und sie stampften weiter in die Richtung, wo Grunja den Mann mit dem Gartengerät getroffen hatte.

Dort angekommen, sah sich Annuschka trotz all der Tragik neugierig um. Die Tragik war für sie auch nicht wirklich tragisch. Sie hatte immer noch das sichere Gefühl, dass mit ihr an seiner Seite für den Jungen alles gut werden würde. Auch war sie mit Grunja nicht mehr allein. Der Mann schien nun selbstverständlich dazuzugehören und war ganz ohne Zweifel vollkommen vertrauenswürdig.

Was der Mann als sein Zuhause benannt hatte, war ein kleines Lehmhaus. Es stand unter großen Kiefern, Tannen und Lärchen. Hier hinein trug der Mann den Jungen, der immer noch wie leblos in seinen Armen lag. Grunja und Annuschka folgten ihm umstandslos in das Haus.

„Maria, komm schnell," sagte der Mann mit Nachdruck, aber unaufgeregt. Eine Frau mittleren Alters, um die Körpermitte eine Schürze gewickelt, erschien. Ohne weiter zu fragen, legte sie zusammen mit ihrem Mann das Kind auf eine Pritsche. Sie befühlte das Gesicht des Knaben und strich ihm sanft über die Wangen: „Er lebt noch. Schnell, wir brauchen warmes Wasser und frische Tücher." Sie zog dem Jungen die nasse und fast gefrorenen Hose und das Hemd aus. Grunja nahm ihr die Sachen ab und legte sie vor den prasselnden Kamin. Annuschka war ganz still und schaute mit großen ruhigen Augen zu. Schon nach kurzer Zeit kam der Mann mit heißem Wasser und Tüchern zurück. Maria, offensichtlich seine Gattin, nahm ihm beides ab und begann den Jungen mit dem heißen Wasser abzureiben. Danach hüllte sie das Kind in Berge warmer Decken ein.

Annuschka konnte den Blick nicht abwenden. Der Junge war bildhübsch. Er kam ihr vor wie einer der Pagen des Zaren. Sein Gesicht war blass mit fein gezeichneten Gesichtszügen. Die Wangen waren noch sanft gerundet wie die eines Knaben, aber die härteren Konturen seines Erwachsenwerdens waren zu erahnen. Er war bestimmt etwas älter als sie, vielleicht zwölf Jahre alt. Im Grunde, fand Annuschka, war er golden! Sein Haar leuchtet im Kerzenschein, seine Haut schimmerte wie Alabaster. Und gerade als Annuschka das dachte, öffnete er seine Augen und blickte ihr direkt ins Gesicht. Und diese Augen waren auch leuchtend; nämlich leuchtend blau.

„Grunja, schau, er ist aufgewacht!“

Aber als Grunja die Pritsche erreicht hatte und Annuschka sich voller Freude wieder zu dem Jungen umdrehte, war er wieder eingeschlafen.

„Ana, er schläft. Und das ist auch gut so. Er wird noch jede Menge Schlaf benötigen, ehe er sich von diesem Abenteuer erholt hat. Wir sollten nach Hause gehen.“

„Aber Grunja, ich –“

„Du bist ein kleines Ding, und es wird schon dunkel. Wir haben getan, was wir tun konnten. Jetzt müssen wir nach Hause."

Und so verabschiedeten sie sich. Wie es schien, hatte Grunja, während Annuschka den Jungen beobachtet oder besser noch, bewacht hatte, mit dem Mann aus dem kleinen Lehmhaus und dessen Frau alles besprochen.

Als Annuschka ein letztes Mal auf den Jungen blickte und ihm ihren Muff und die Fellkappe abnehmen wollte, sah sie etwas golden Glitzerndes in seinen Händen. Er hielt den kleinen Gegenstand so fest umklammert, als würde sein Leben davon abhängen. Annuschka wusste, was es war. Aber sie nahm es ihm nicht ab. Sie nahm nur ihren Muff und ihre Kappe und ließ das Kleinod dort, wo es war. Sie hatte auch jetzt wieder das untrügliche Gefühl, dass es ihn beschützen würde und dass es dort an seinem vorbestimmten Platz war.

Später saß Annuschka in ihrer kleinen Ecke auf ihrem kleinen Bett in ihrer Kammer. Sie blickte zu Grunja. Grunja saß im Kerzenschein an einem spärlichen Kaminfeuer und besserte ein Kleidungsstück aus.

„Grunja?"

„Ja?"

„Grunja, was wird mit dem Jungen?"

„Ana, mein Herz, ich weiß es nicht. Der Mann und

seine Frau Maria werden sich vorerst um ihn kümmern. Wenn er wieder soweit gesund ist, wollen sie versuchen, sein Zuhause zu finden."

Annuschka schwieg. Grunja blickte kurz auf, um sicherzugehen, dass Annuschka mit dieser Erklärung umgehen konnte. Annuschka schien wie immer ihre Entscheidung nicht in Frage stellen zu wollen. Aber Grunja sah auch, wie sie über das Gesagte nachdachte.

„Grunja?"

„Hm?"

„Werden wir ihn je wiedersehen?"

Grunja hob den Kopf von ihrer Näharbeit und sah Annuschka an: „Nein. Nein, das denke ich nicht. Ich bin mir sicher, der Mann und seine Frau werden alles für ihn tun, was in ihrer Macht steht. Es sind gute Menschen. Für den Jungen wird gesorgt sein; er wird zurück zu seiner Familie finden. Aber Ana, wir beiden können nichts mehr tun."

Annuschka schaute Grunja mit ihren großen dunklen und lebhaften Augen an. Ihre braunen Locken rahmten das ernste kleine Gesicht so unbändig, als würden sie sich so sträuben wollen, wie es Annuschka jetzt eigentlich gerne getan hätte. Aber Annuschka war ein kluges und für ihr Alter schon fast weises Kind. Das Leben hatte sie bereits gelehrt, dass Entscheidungen gut durchdacht sein wollen und nicht jeder Wunsch des Herzens Realität werden kann. Darum seufzte sie innerlich und zauberte ein kleines Lächeln auf ihr Gesicht, welches sie Grunja schenkte.

Auch Grunja seufzte innerlich. Ihr war nicht verborgen geblieben, dass Annuschka eine seltsame Innigkeit für den Jungen gezeigt hatte, nahezu besitzergreifend. Sie schien zu glauben, er gehöre ihr. Bei diesem Gedanken musste Grunja schmunzeln. So fügsam Annuschka sonst war, in derartigen Situationen blitzte auf, wo sie herstammte. Aber Annuschka schien sich mit der getroffenen Entscheidung abzufinden. Worüber Grunja sehr erleichtert war. Sie liebte Annuschka wie ihr eigenes Kind. Was sie in Grunjas Herzen auch war; sorgte sie doch seit ihrer Geburt für Annuschka.

Vorweihnachtszeit 1790

„Anna, erzählst du uns noch eine Geschichte?"

„Es ist schon spät. Ins Bett mit euch!"

„Oh – Anna biiiiiiiiiiiiittttttttttttteeeeeeeeeeeee!"

„Und wo hast du nur dieses Anna her? Es heißt Ana oder Annuschka."

„Das habe ich von der dicken Drude. Die Drude hat gesagt, dass – "

„Das heißt Frau Drudold. Und es ist nicht recht, dass du so von ihr sprichst."

„Aber ANNUSCHKA, sie ist doch dick!"

Annuschka musste lachen und zerzauste Peter die Haare, wobei sie ihn sanft in Richtung Bettstaat dirigierte. Peter, in seinem langen weißen Nachtgewand, ließ sich das zwar gefallen, er verlor dabei aber keinesfalls sein Ziel aus den Augen: „Anna, kriegen wir denn nun eine Geschichte? Bitte! Es ist doch bald Weihnachten. Eine von Schnee und Eis und Pferdekutschen auf dem Fluss. Und Zwiebeltürmen."

„Also gut. Eine kurze, Piotr."

„Anna, und woher hast du dieses Piotr?“

Peter war ganz ohne Frage vorwitzig. Aber er war ohne Scheu, offen und charmant, seine kindlichen Augen schauten nie berechnend, sondern auch jetzt mit ehrlichem Interesse zu Annuschka auf.

„Piotr ist russisch und heißt Peter.“

„Hm – Piotr, das klingt wie in deinen Geschichten.“ Peter krabbelte auf seinen Schlafplatz, zog sich die Decke bis zur Nasenspitze und sah Annuschka erwartungsvoll an. Im Schlafsaal der Knaben wurde es ganz leise. Als hielten die Kinder die Luft an.

Annuschka mochte diesen Moment. Er war voll Spannung und freudigem Erwarten. Und es war ihr kleiner, besonderer Moment. Ein Moment der Erinnerung und ein Moment der Phantasie.

„Am Vorabend hatte der Zar einen rauschenden Ball veranstaltet. Viele Hundert Gäste waren eingeladen. Der Palast funkelte im Kerzenschein Tausender Kerzen. Der Vorplatz war mit bunten Laternen erleuchtet. Und das Beste daran – Sankt Petersburg war tief verschneit. Der Schnee fing das Licht der Laternen ein. Die ankommenden Schlitten glitten über ihn hinweg wie auf einem Regenbogen aus Eis und Schnee. Die Gäste glitzerten bei ihrer Ankunft in all ihren bunten Kleidern und leuchteten wie Edelsteine. Der Ball dauerte bis in die frühen Morgenstunden. Er war ganz Lachen, Tanzen und Musik. Für die Kinder jedoch war er nur der Vorgeschmack auf etwas viel Wundervolleres: das große Schlittenfahren auf der Newa am nächsten Tag. Der Fluss war wie jeden Winter mit einer Eisfläche überzogen; ein Teppich aus Schnee hatte ihn zugedeckt, als wolle er die Härte der Kälte etwas mildern. Die flimmernde Wintersonne ließ den Schnee glänzen wie kleine Diamanten. Die Schlitten wurden zum Fluss gezogen. Sie waren noch prachtvoller als am Abend zuvor. Dicke Kissen und Decken aus den erlesensten Stoffen hüllten die Insassen ein. Kostbare Felle wärmten Hände und Füße. Und dann ging es los: Die Pferde trabten über das schneebedeckte Eis, die Schlitten glitten ihnen hinterher. Aus der Ferne sah es aus, als würden sie über dem Eis schweben. Aber wenn man in einem Schlitten saß, fühlte es sich an, als würde man über das Eis fliegen! Diese Vergnügungen hießen die Weißen Nächte."

Annuschka machte eine Kunstpause. Keines der Kinder rührte sich, alle hatten den Blick fest auf sie gerichtet.

„Dieses Gefühl war wundervoll. Und daneben rauschte Sankt Petersburg mit all seinen Schönheiten an den Schlitten vorbei. Seine Paläste, seine Kirchen mit Zwiebeltürmchen, die im Sonnenlicht bunt schillerten wie das Innere einer Muschel. Es war wie in einem Märchen. Und wenn die Schlitten zu ihrem Ausgangspunkt zurückkehrten, wartete noch eine Besonderheit auf die Gäste: köstlich warme Maronen und heißer Honigpunsch mit Zimt!“

An dieser Stelle konnte Annuschka die Kälte der Luft auf ihrer Haut spüren; sie fühlte das warme Fell des Muffs, und sie roch den Duft des Punsches. Ein kleines Lächeln lag auf ihrem Gesicht.

„Anna, was sind denn Maronen?“

„Das ist eine Art kleiner Kastanien, die man essen kann, wenn man sie zuvor sehr heiß macht.“

„Und Anna, wie schmecken Maronen?“

„Sie sind weich und etwas mehlig, aber ihr Geschmack ist einzigartig, leicht süß.“

„Und Anna –“

„Peter, jetzt wird geschlafen. Für Fragen haben wir auch morgen noch Zeit.“

Annuschka deckte Peter zu, ging zu dem einen oder anderen Bett, blies die Kerzen aus und schloss die Tür zum Knabenschlafsaal im Dachgeschoss.

Vor der Tür blieb Annuschka kurz stehen und sah den langen Gang hinunter. Dieser Gang hatte eine ganz besondere Atmosphäre. Er gehörte zum Langen Haus im oberen Lindenhof. Mit ein wenig Phantasie hätte er auch einer der Gänge in den großen Palästen des Zaren sein können. All das gab es nicht nur in Annuschkas Phantasie. Annuschka hatte all das wirklich gesehen. Sie war Teil dieses Lebens gewesen; sie war Teil dieser Welt gewesen. Aber das ist lange her. In ihren Geschichten mischten sich die Erinnerungen mit dem, was Grunja ihr erzählt hatte.

Grunja …

Annuschka seufzte. Grunja war vor nun schon sieben Jahren gestorben. Ganz leise, einfach so. Sie war gegangen, wie sie gelebt hatte – ohne großes Aufheben. Annuschka hatte kurz und bitterlich geweint. Aber nur kurz. Denn sie wollte tapfer sein, wollte stark sein – so wie Grunja es ihr beigebracht hatte. Nun war sie allein auf dieser Welt. Eine Welt, in der sie niemanden kannte und in der sie von niemandem gekannt wurde.

Annuschka kam in die Mädchenschule für Waisenkinder der Franckeschen Stiftungen. Und auch das wieder war ein Glück im Unglück. Annuschka durfte lernen. Und hier war sie noch immer. Als Hausdame und Lehrerin für die kleinen Knaben.

Bei diesem Gedanken straffte Annuschka die Schultern. Sie strich sich den Rock glatt und lief in der Ruhe der Nacht den langen Flur entlang. Sie liebte diese Stunde und diesen Weg. Alles war ruhig und friedvoll. Der Holzboden des Flures dämpfte die Geräusche ihrer Schritte und warf sie mit sanftem Hall in den Raum. Den Raum ihres Zuhauses, den Raum des Wissens und – jedenfalls für Annuschka – der Liebe. Denn sie liebte ihre Arbeit und besonders die Kinder. Nun ja, vielleicht nicht jedes Kind genau gleich. Aber sie war allen Kindern sehr verbunden.

Besonders Peter. Peter war als sehr kleines Kind hierhergebracht worden. Es war Annuschkas erstes Jahr als selbständige Lehrerin. Und sie hatte, ohne dass sie es irgendwie hätte verhindern zu können, den kleinen Kerl sozusagen augenblicklich in ihr Herz geschlossen. Annuschka wusste, dass sie keines der Kinder bevorzugen sollte. Aber was sollte sie machen? Der kleine Piotr, wie sie ihn liebevoll nannte, war ein fröhliches und zutiefst liebenswertes Kind. Mit seinen nun bald sechs Jahren war er klug und so neugierig auf die Welt und alles in ihr, dass er keine Frage ausließ. Und mit diesem, seinem Wesen riss er die Menschen um sich herum mit; die Welt war ein schönerer Ort dort, wo Peter war.

Und morgen würde die Welt sowieso herrlich sein. Und eine große Überraschung. Es war der erste Advent. Und es war ein Ausflug zum Marktplatz geplant. Annuschka hatte gehört, dass es dort dieses Jahr Buden und Stände geben sollte. Buden mit Zuckerwerk und Naschwerk, mit Nüssen und Äpfeln, mit heißem Tee und Punsch. Und wenn sie Glück hatten, würden sie die Bläser auf den Hausmanntürmen hören.

Und mit diesen himmlischen Gedanken im Kopf zog sich Annuschka in ihre eigene kleine Kammer unter dem Dach zurück.

*

Über Nacht war es deutlich kälter geworden. Annuschka hatte sich am für sie schönsten Platz der Schule „versteckt“: in der Kulissenbibliothek. Dieser Ort war wie in einem Traum. Rundbogen reihte sich an Rundbogen, rechts und links des Ganges hohe Bücheregale bis an die Decke gefüllt mit Büchern – wie die Kulisse in einem barocken Theater. Und weil sich diese Anordnung durch den gesamten Raum hindurch wiederholte, glaubte man, in einem Spiegelkabinett zu sitzen.

Und es war immer still. Sogar die alten Bodendielen knarrten nur sanft unter den Füßen und fühlten sich irgendwie samtig an. Keine bedrückende Stille. Nein, es war die Stille der Ruhe und inneren Einkehr. Heute war die Stille außergewöhnlich. Annuschka wusste auch ohne einen Blick aus dem Fenster zu werfen, dass es geschneit haben musste und der Schnee die Geräusche der Stadt verschluckte. Und genau so war es. Da die Glauchasche Anstalt leicht erhöht über der Stadt lag und mit ihren sechs Stockwerken auch eines der höchsten Häuser der Stadt war, konnte Annuschka eine winterweiße Welt unter sich sehen. Die Wolken hingen schwer und dunkelgrau am Himmel; sie würden heute noch mehr Schnee bringen.

Dieses Wetter erinnerte Annuschka an einen anderen kalten Winter. Den Winter, in dem sie mit Grunja den fremden Jungen rettete. Was wohl aus ihm geworden ist? Ob er noch weiß, dass es sie gab? Wohl nicht, denn er hatte ihr ja nur kurz ins Gesicht geblickt und war dann wieder ohnmächtig geworden. Doch Annuschka dachte oft an ihn – vor allem im Winter. Sie freute sich noch immer, dass sein schönes Antlitz rote Wangen bekommen hatte und seine Augen blau geleuchtet hatten, blau wie der Himmel kurz vor der Nacht.

Aber die Erinnerung an den Jungen machte sie immer auch ein wenig traurig. Sie vermisste Grunja so sehr.

Annuschka wurde durch einen Glockenschlag aus ihren Gedanken gerissen. Der Gong für den Tee. Sie lief zum Speiseraum, und der laute und fröhliche Trubel der Kinder ließ sie augenblicklich im Hier und Jetzt sein.

Heute war dieser Trubel ausgeprägter als ohnehin üblich. Denn es war ja der erste Advent. Und das bedeutete, dass die Kinder im Grunde nur auf eines freudig lärmend warteten: den alljährlichen Gang zum Marktplatz.

*

„Los, Junge! Wir müssen uns sputen oder wir verspäten uns!"

Johan schnappte sich seine Jacke von Haken, warf Maria eine Kusshand zu und rannte in Richtung Pferdekarren. Ihm entging nicht, dass Maria ihm einen besorgten Blick zuwarf, ob er warm genug gekleidet und sein Schal lang und dick um ihn gewickelt war. Auch wenn sie glaubte, Johan würde das nicht bemerken. Aber Johan bemerkte es. Und wenn er es nicht bemerkte, wusste er doch, dass sie das tun würde. Denn seit jenem Tag auf dem Eis der Saale glaubte Maria offenbar, ihn warm halten zu müssen. Selbst jetzt noch mit seinen nun 21 Jahren. Aber Johan trug den Schal schon deswegen, um Maria keine unnötigen Sorgen zu bereiten. Maria und Diederich hatten ihn großgezogen und liebten ihn wie ihren eigenen Sohn. Das umso mehr, da sie keine eigenen Kinder hatten. Johan war an deren statt getreten.

Johan schwang sich auf den Kutschbock, und an der nächsten Ecke flogen die Enden seines Schals fröhlich um ihn herum.

Dass der Schal nicht mehr an seinem Platz war, spürte er nicht. Denn im Winter, und besonders bei Schnee, fror Johan eigentlich immer. Aber mehr innerlich. Johan hatte dafür seine ureigenste Theorie: die Saale. Die Saale mit ihrem Eis an jenem bitterkalten Wintertag und dem stahlgrauen Wasser. Johan konnte sich zwar an nichts mehr erinnern. Aber seitdem – so zumindest nach Johans Gedächtnis, was ohnehin erst auf einer Polsterbank einsetzte, über sich haselnussbraune Augen und wilde Locken – hatte er mit Wasser nichts am Hut. Abgesehen natürlich dann, wenn es um seine geliebten Pflanzen ging. Ansonsten war Wasser nichts für Johan. Für ihn war außer einem Garten oder Wald die Höhe sein Element. Wann immer er konnte, bestieg er die neue Sternwarte im Botanischen Garten, die vor nun schon zwei Jahren von Herrn Carl Gotthard Langhans gebaut worden war. Das war eine Aufregung gewesen. Direkt neben Johans kleinem Haus. Herr Langhans war da schon ein ziemlicher bekannter Baumeister, so hatte man Johan erzählt. Obwohl Herr Langhans eigentlich ein Student der Jurisprudenz war, baute er Gebäude. Johan fand das ganz erstaunlich. Er dachte gerne an Herrn Langhans. Was er jetzt wohl gerade baute oder welche Bauwerke er plante? Oder ob vielleicht doch in einem Gerichtssaal stand?

Spannend war das damals schon gewesen.

Aber dieses planmäßige Schaffen war nicht nach Johans Sinn. Er bevorzugte das Wachsen und Gedeihen aus sich selbst heraus, wie bei den Pflanzen aus Keimen und Ablegern. Nichtsdestotrotz war er von der Sternwarte begeistert.

Der achteckige Turm erlaubte den Blick in jede Himmelsrichtung. Herr Langhans hatte großen Wert darauf gelegt, dass jede Himmelsrichtung exakt einen Balkon bekam. Johan konnte über die Saale hinwegsehen, weit ins Land und in den Himmel hinein.

Manchmal fragte sich Johan, wie es wohl in den Bergen sein mochte.

Und während er noch von der Höhe vor sich hinträumte, erreichten er und Diederich den Markt der Saalestadt mit seinem einzigartig Roten Turm und den Hausmannstürmen der Marienkirche. Fraglos war das neben der Sternwarte ein weiterer Lieblingsplatz von Johan in der Stadt. Denn Dank Diederichs zahlreicher Bekanntschaften als Direktor des Botanischen Gartens war er sogar einmal hoch oben im Roten Turm gewesen und hatte die Glocken dort gesehen.

Diese Glocken waren die größten im weiten Umfeld. Und ihr Geläut war manchmal bis zum Botanischen Garten zu hören, das zumindest bildete sich Johan gerne ein, auch wenn er natürlich wusste, dass selbst diese großen Glocken nicht so weit zu hören waren. Auch jetzt schlugen sie die volle Stunde und erinnerten ihn daran, wo er war. Aber eigentlich brauchte es keines Weckrufes. Denn Johan liebte das, was er gleich tun würde, über die Maßen.

Jedes Jahr half Johan mit Diederich beim Aufstellen des Weihnachtsbaumes auf dem Marktplatz. Und dieses Jahr war er ganz besonders stolz. Denn der Baum war eine der Tannen vor dem alten Lehmhaus, wo Johan nun schon sein ganzes Leben verbracht hatte. Jedenfalls das Leben, an das er sich erinnern konnte.

„Johan, pack an!", rief Diederich. Und gemeinsam mit den Männern der Stadtwache zogen sie den Baum

mittels langer Seile in die Senkrechte. Als der Baum gut verankert war, ließ Johan los und trat ein paar Schritte zurück. Die Kulisse ließ ihn innehalten. Ja, dieser Baum war ungeheuer stattlich. Er stand vor den fünf Türmen der Stadt, die Schneeflocken tanzten zur Erde. Es war mit Gewissheit der schönste Baum, den die Stadt je zu sehen bekommen hatte. Da war sich Johan allemal sicher.

„Diederich, dieser Baum ist der schönste, den ich je gesehen habe."

„Aber Johan, du hast ihn doch bis vor kurzem jeden Tag gesehen."

„Ja. Aber das hier ist anders. Er ist DER WEIHNACHTSBAUM. Schau nur all diese Menschen – wie sie ihn bewundern und sich darüber freuen. Sie –", abrupt und verwirrt brach Johan ab. Irgendetwas hatte ihn irritiert. Etwas Vertrautes. Und doch hätte er nicht sagen können, was das war. Er blickte sich um, ließ seine Augen suchend über den Markt schweifen. Da waren die Buden, die vorhin schon dort waren. Da waren die Menschen, die er auch schon gesehen hatte. Eine Gruppe Kinder mit ihrer Lehrerin oder vielleicht Gouvernante standen auch noch dort, wo sie schon während der Aktion mit dem Aufstellen des Baumes standen. Alle waren dick mit Tüchern, Mützen und Handschuhen eingekleidet. Nichts schien sich verändert zu haben. Und doch ...

Da schlug ihm Diederich auf die Schulter: „Komm, mein Junge, du hast dir einen Punsch verdient." Johan wandte sich noch einmal um; die bunten Buden und die vielen Menschen drehten sich vor seinen Augen. Aber an nichts und niemanden davon blieben seine Augen hängen. Er zuckte leicht mit den Schultern und folgte Diederich.

*

Annuschka und die Kinder haben zugesehen, wie der Baum auf dem Markt seinen Platz gefunden hatte. Er war der schönste Baum, den Annuschka je auf dem Markt zur Weihnachtszeit gesehen hatte. Stolz und kerzengerade erhob er sich vor dem Roten Turm und den Türmen der Marktkirche Unser Lieben Frauen. Diesen, auch Marienkirche genannte Bau, mochte Annuschka besonders. Die zwei Türme in Richtung Hallmarkt waren schlicht und kompakt; die beiden Hausmannstürme Richtung Markt waren gerundet, verspielter und mit einer Brücke verbunden.

Von hier aus alarmierte der Hausmann aus luftiger Höhe die Bewohner der Stadt über ein ausgebrochenes Feuer. Aber er beherrschte auch ein Blasinstrument, damit zu später Stunde vom Turm ein Abendchoral erklingen konnte. Und so war es auch heute. Während sie den Baum in seiner prachtvollen Kulisse bewunderte, bliesen die Turmbläser von der Brücke zwischen den Türmen ein Weihnachtslied.

Annuschka war ganz verzückt. Es war einer der Augenblicke, in dem man vollkommen sich selbst gehörte und alles herum wie von Zauberhand leiser und verschwommener wird.

Der allerdings nicht sehr lange anhielt.

„Anna?"

„Annnnnnnaaaaa?"

„Ja, Peter?"

„Wer sind denn die Männer, die den Baum aufstellen. Müssen die nicht sehr stark sein?"

Peter zupfte sanft an ihrem Rock und blickt erwartungsvoll zu ihr hinauf. Während Annuschka noch überlegte, mischte sich schon Wilma Jost ein: „Das sind die Männer von der Stadtwacht, Jungchen. Und natürlich der Herr Direktor vom Botanischen Garten. Und er hat dieses Jahr höchstpersönlich den Baum gespendet. Aus dem Botanischen Garten!"

„Wilma, woher kennen Sie denn den Direktor vom Botanischen Garten? Und dann auch noch die Sache mit dem Baum?", fragte Annuschka erstaunt nach.

„Na, wegen all der Wissenschaft und so. Der speist immer mal mit dem Herrn Direktor Schulze."

Wilma war Hauswirtschafterin beim Direktor Johann Ludwig Schulze der Franckeschen Stiftungen und sah und hörte demzufolge manches, was dem Personal im Langen Haus verborgen blieb. Und ihr entging so schnell nichts. Diese Auskunft konnte also getrost als gesichert gelten. Peter war beeindruckt – man stelle sich vor: Stadtwache und Direktoren für den Baum auf dem Marktplatz!

*

Später am Abend, als Johan zur Ruhe kam, fiel es ihm wieder ein. Die Gouvernante bei den Kindern auf dem Markt hatte eine Art Fell-Bündel mit einem breiten Band um ihren Hals hängen gehabt, worin offenbar ihre Hände steckten. Dieses Kleidungsstück war ungewöhnlich. Johan hätte schwören können, dass er ein Kleidungsstück solcher Art noch nie in Halle gesehen hatte. Und gleichwohl musste es das gewesen sein, was auf dem Markt im Augenwinkel seine Aufmerksamkeit erregt hatte.

An diesem Punkt dachte Johan an das kleine Medaillon, welches er stets um den Hals trug. Es schien der passende Moment zu sein, es fühlte sich genau richtig an. Denn Johan nahm das kleine goldene Schmuckstück nur selten in die Hände oder öffnete es gar, da es sehr alt zu sein schien und ziemlich empfindlich war. Er hütete das Kleinod wie einen heiligen Schatz.

Nun aber zog Johan das Medaillon vorsichtig unter seinem Hemd hervor und öffnete es. Umsichtig

und sachte betätigte er den kleinen Riegel am Rande. Zum Vorschein kamen zwei Gesichter, eine Frau und ein Mann. Der Mann hatte ein lachendes Antlitz mit einem prächtigen Schnurrbart, der direkt in einen dunklen Schopf überzugehen schien. Die Frau wirkte sehr feminin mit zarten Gesichtszügen. Ihre Augen blickten klar und neugierig und mit einem gewissen Ernst zu Johan zurück, als wollte sie wissen, wer denn da das Medaillon geöffnet hatte. Das Prachtvollste an der Frau waren ihre Haare. Diese türmten sich in üppigen Locken hochaufgesteckt um ihren Kopf. Aber es sah so aus, als wollten die Locken dort nicht bleiben und gleich ein Eigenleben führen.

Johan kannte die Bilder wie sein eigens Spiegelbild und doch betrachtete er sie voll Hingabe. Die beiden Menschen waren ihm in all den Jahren so vertraut geworden, als wären sie schon immer ein Teil seines Lebens gewesen. Aber wer waren sie wirklich? Johan wusste es nicht. In seinem Umfeld gab es auch niemanden, der aussah wie sie.

Da war nur die Erinnerung an den Tag im Eiswasser der Saale. Johan hatte das unbestimmte Gefühl, dass das Schmuckstück mit dem kleinen Mädchen zu tun hatte, welches ihn mit aus der Kälte in die Wärme gebracht hatte. War es ein Geschenk gewesen? Oder gehörte es schon immer ihm, und er wusste es nur nicht mehr?

*

Peter lag bäuchlings auf dem Boden des Raritätenkabinetts. Den Kopf hatte er in die Hände der aufgestützten Arme gelegt, die Beine baumelten angewinkelt hin und her. Er war gedanklich weit weg; es schien, als suche sein Blick etwas Hohes im Raum. Eigentlich war dieser Raum gleich einem Heiligtum. Die Wunderkammer war zwar für den Kunst- und Naturalienunterricht eingerichtet, und die Kinder durften ihn auch sonst betreten, aber einfach so gemütlich auf dem Boden herumzuliegen – das war gewiss nicht gerade üblich. Aber heute war das eine Ausnahme. Zwischen all den seltsamen Kuriositäten räumte Annuschka auf, stellte die Dinge an ihren Platz, schloss Vitrinentüren und wischte hier und dort ein wenig Staub. Schließlich war bald Weihnachten, und da sollte auch die Schatzkammer des Hauses blitzblank sein. Peter schaute Annuschka einerseits sehr gerne dabei zu. Andererseits hatte er heute eine äußerste Wichtigkeit mit ihr zu besprechen: „Anna?“

Wie immer vor seinen Fragen testete er gewissermaßen Annuschkas Aufmerksamkeit. Annuschka kannte das nur zu gut. Es war eine liebgewonnene Angewohnheit geworden. Sie konnte sich gar nicht mehr vorstellen, wie Peter sonst seine Fragen hätte beginnen sollen.

„Ja, Peter?“

„Was ist ein bottischer Garten?“

„Ein bottischer Garten? Meinst du vielleicht den Garten, den Wilma erwähnte – den Botanischen Garten?“

„Hm.“

„Ein Botanischer Garten ist zunächst einmal – ganz wie der Name sagt – ein Garten. Aber ein besonderer. Man kann ihn zwar wie einen gewöhnlichen Garten durchlaufen. Aber er dient eher der Wissenschaft. Pflanzen werden hier mit System gepflanzt und auch gezüchtet. Sie werden aber auch beobachtet und erforscht.“

„Mhm –. Und, Anna, denkst du, wir bekommen auch so einen schönen Weihnachtsbaum wie auf dem Markt heute? Für die Große Halle, weißt du.“

„Der Baum war aber sehr groß. Ich glaube nicht, dass er in die Große Halle passen würde.“

„Na gut. Dann vielleicht ein wenig kleiner? Aber so groß, dass er mit dem Engel auf der Baumspitze die Decke berührt.“

Annuschka schmunzelte über Peters rege Phantasie. Es war nicht zu übersehen, dass er schon jetzt einen Baum in der Großen Halle stehen sehen konnte.

„Nun, das ist ein sehr hübscher Gedanke.“

„Ja, nicht wahr?!“

„Ja. Solange ich hier bin, gab es jedes Jahr einen

Baum. Zwar nicht soooo groß, aber immer einen Baum. Weißt du das nicht mehr?“

Peter sah Annuschka leicht zweifelnd an: „Was denkst du? War ich vielleicht noch zu klein, um mich zu erinnern?“

Annuschka lachte. Offensichtlich zweifelte er an ihrer Aussage, aber offen zeigen wollte er das dann doch nicht.

„Das mag schon sein. Aber ich denke, der riesige Baum heute auf dem Markt hat deiner Phantasie einen großen Schubs gegeben, sodass alles andere davon hinweggespült wurde.“

„Und das war auch ganz bestimmt immer genauso?“

„Genau so!“

Damit schien sich Peter vorerst zufriedenzugeben. Jedenfalls hing er wieder seinen Träumen nach und schien Annuschkas Anwesenheit vergessen zu haben.

*

„Oh, du lieber Gott! Du lieber Gott! Ach herrje!“

„Grete, was ist denn nur passiert?“

„Ach, Mr. Ahrbeck, der Baum!“, und sie zeigte zum Hof hinaus. Grete nannte ihren Hausherren Gottlieb Ahrbeck immer Mister. Das hatte sie vor langer Zeit bei dem Hausdiener von Gästen aufgeschnappt. Was immer Gottlieb Ahrbeck auch zu unternehmen versuchte, er konnte es ihr nicht mehr ausreden. Gottlieb Ahrbeck wohnte in einer sehr alten und ehrwürdigen Villa am Hang nahe der Saale. Das Haus war seit vielen Generationen im Besitz der Familie. Es war aus hellem Backstein erbaut; es hatte sogar ein kleineres Türmchen, einen Balkon zur Saale hin und eine herrschaftliche Auffahrt. Und zu so einem Haus gehört nach Gretes Auffassung auch ein feiner Herr. Und feine Herren waren für Grete nicht einfach Herren, sondern Mister. Das klang schwungvoll, nobel, vornehm und sehr englisch adelig.

„Was ist denn mit dem Baum, Grete?“

„Er ist gigantisch! Schauen Sie doch nur selbst, Mr. Ahrbeck.“

Gottlieb Ahrbeck warf einen Blick aus der großen Doppeltür. Die kalte Luft schlug ihm entgegen. Ganz Unrecht hatte Grete nicht. Der Baum, der dort gerade auf einem Fuhrwerk angeliefert wurde, war in der Tat von beträchtlichem Ausmaß.

„Mr. Ahrbeck, Sir.“ Karl setzte der Anrede von Grete noch eines drauf. Er war schon so lange in den Diensten von Gottlieb Ahrbeck, wie er nur denken konnte. Und er war der Meinung, dass, wenn überhaupt, ihm die würdevollste Anrede seines Herrn zustand. Grete war schließlich eine Frau und kam kaum aus dem Haus. Sie konnte daher nicht derart von Welt sein wie er. Das stand außer Frage.

„Die Waldarbeiter haben dieses Jahr eine ziemlich große Tanne geschlagen. Musste sein. Hatte beim Sturm im Herbst einiges abbekommen, Sir. Ich hoffe, das geht in Ordnung, Sir?“

„Ja, danke Karl, ich habe keine Einwände. Im Gegenteil. Ich hoffe nur, er ist für die Große Halle nicht zu hoch. Und bitte Karl, nenne mich nicht Sir. Herr Ahrbeck genügt.“

„Jawohl, Sir.“ Genau wie Grete ignorierte Karl das Ansinnen seines Brotgebers beharrlich. Er hatte da auch gar keine Bedenken. Herr Ahrbeck würde wegen Derartigem nie verärgert sein. Außerdem hatte es fast den Eindruck, als hätte er wegen der geballten Hartnäckigkeit seiner Dienstboten schon längst resigniert und protestierte nur noch der Form halber.

Gottlieb Ahrbeck bewunderte den Baum voll Freude. Er war ein Herr fortgeschrittenen Alters; er war schlank und hielt sich kerzengerade. Nach Gretes Auffassung passte genau diese, seine aufrechte Körperhaltung zu einem Mister. Er war vollständig ergraut; sogar seine buschigen Augenbrauen ragten grau über seine liebevollen, leuchtend blauen Augen hinweg. Auch wenn er meist schwarz gekleidet war und ein weißes Halsband in kunstvollen Schleifen seinen Hals schmückte, wirkte er nie streng oder unnachgiebig. Im Gegenteil. Trotz seiner Schicksalsschläge strahlte Gottlieb Ahrbeck stetige Milde aus. Er blickte mit Wohlwollen auf die Welt und auf die Menschen, die ihn umgaben. Auch wenn das keine Anverwandten mehr waren, wusste Gottlieb Ahrbeck, dass er für vieles im Leben sehr dankbar sein konnte – was er auch von Herzen war.

„Oh je, oh je! Dieser riesige Baum. Ach, Mr. Ahrbeck, muss das denn auch dieses Jahr wieder sein?"

„Ja, Grete. Auch dieses Jahr muss der Baum sein. Wobei ich inzwischen denke, dass der Baum mit jedem Jahr mehr sein muss. Die Kinder freuen sich doch darüber. Denken Sie nicht, dass sie bereits auf ihn warten?"

Grete nickte mit einem kleinen Seufzer: „Ja, Mr. Ahrbeck. Da haben Sie sicher recht." Dann schaute sie ihn vorsichtig von unten an und musterte seine Gesichtszüge. „Und Sie haben wieder keine Nachricht erhalten, Mr. Ahrbeck?"

Vor vielen Jahren war der Enkel von Herrn Ahrbeck beim Rodeln an der Saale kurz vor dem Weihnachtsfeste verschwunden. Nur der Schlitten lag am Ufer. Von dem Jungen war weit und breit nichts zu sehen. Niemand hatte ihn getroffen; niemand kannte jemanden, der wusste, wo er war. Gottlieb Ahrbeck wollte nie glauben, dass Georg ertrunken war. All die Jahre hatte er die Hoffnung nicht aufgegeben. Und als Zeichen der Hoffnung, und das waren Bäume mit ihrem grünen Nadelkleid doch, schenkte er jedes Jahr den Kindern im Waisenhaus der Franckeschen Stiftungen einen Tannenbaum aus seinem Wald. Er stellte sich vor, dass Georg vielleicht auch irgendwo als ein solches Kind lebte oder dass er sogar in diesem Waisenhaus auftauchte, dort den Baum sah und sich an den herrlichen Baum in der Villa Ahrbeck erinnern würde. Und genauso hoffte Gottlieb Ahrbeck, dass er vielleicht eines Tages aus München Post bekommen würde. Der Stadt, in der Georg als Sohn seines Sohnes zur Welt gekommen war. Und dass Georg dorthin den Weg finden würde, weil es einmal sein Zuhause war, und einen Brief senden würde. Auch wenn es das schon lange nicht mehr war und nie mehr sein würde, da seine Eltern bei einem schweren Kutschenunfall verunglückt waren. Deswegen war Georg in dem bitterkalten Winter vor vielen Jahren auch zu Gottlieb Ahrbeck geschickt worden. Es war ein kurzes Glück für Gottlieb Ahrbeck, mit dem Knaben in seinem Haus. Der gesamte Haushalt blühte in kürzester Zeit auf. Grete kochte alle Lieblingsessen des Jungen hoch und runter. Es war trotz des Kummers um seinen Sohn eine wunderbare Zeit. Heute machte Gottlieb Ahrbeck sich noch immer Vorwürfe, dass er Georg nicht zum Rodeln begleitet hatte. Doch der Rodelhang war neben dem Haus und nur ein Hügel. Georg kannte sich beim Rodeln mit wesentlich höheren Hügeln seiner Heimat der Alpen aus. Auch war Georg damals fast dreizehn Jahre alt und brauchte keine

Amme mehr. Gottlieb Ahrbeck gab die Hoffnung niemals auf. Niemals.

Er seufzte: „Nein, Grete. Auch dieses Jahr wieder keine Nachricht."

Grete nickte leise. Ihr tat der Herr bitterlich leid. Er trug sein schweres Schicksal mit Gefasstheit und Ruhe. Aber sie wünschte ihm von Herzen Erleichterung seines Kummers.

*

„Anna, der Baum. Der Baum ist da!"

Peter stürmte auf Annuschka zu und zog sie die lange Galerie entlang.

„Komm, Anna, schnell!" Annuschka ließ sich von Peter über die Galerie schleifen, mehr rennend als laufend. Sie lachte zusammen mit Peter und über Peter. Denn seine berstende Freude war unwiderstehlich.

Ein wenig außer Atem erreichten sie die Große Halle. Und dort stand er: der Weihnachtsbaum. Hoch aufgerichtet berührte er fast die Decke des Raumes, sein Tannenduft erfüllte die Halle. Er war wunderschön. Annuschka fand, er war der Zwilling des Baumes vom Marktplatz.

„Und, Anna?"

„Ja, Peter?"

„Er reicht fast bis an die Decke!!!"

Annuschka blickte auf Peter herab und lachte: „Ja, Peter. Ich sehe es. Es ist der größte Baum, den wir jemals hier hatten. Er ist prachtvoll!". Und dann setzte sie liebevoll hinzu: „Genauso, wie du es dir gewünscht hast."

„Ja, genau so."

Die Aufregung in der Halle war unbeschreiblich.

Kinder, Lehrer, Studenten und Personal liefen durcheinander. Jeder wollte diesen einzigartigen Baum bestaunen. Es war ein Gesumme und Gebrumme voller „Oh" und „Ah" und „Wie wunderschön". Peter stand weiter vor „seinem" Baum und freute sich unentwegt wie ein Schneekönig. Er freute sich so sehr, als wäre dieser Baum allein sein Werk.

Abends nach dem Ritual der Weihnachtsgeschichte – diese las Annuschka den Knaben in der Adventszeit stets vor dem Einschlafen vor – hörte sie leise, aber wenig überraschend, die vertrauten Worte: „Anna?"

„Ja, Peter?", antwortete sie fast flüsternd.

„Anna, woher kommt der Baum?"

Was für eine Frage! Annuschka hatte darüber noch nie nachgedacht. Der Baum war einfach jedes Jahr dagewesen. Wie ein unverbrüchliches Faktum. Sodass Annuschka nichts zu antworten wusste und innehielt.

„Anna?"

„Ich weiß es nicht Peter. Ich habe darüber noch nie nachgedacht."

„Kannst du jetzt darüber nachdenken?“

„Jetzt nicht, mein Piotr. Jetzt ist Zeit zum Schlafen. Aber morgen, morgen denke ich darüber nach. Ich verspreche es.“

Mit diesen Worten hüllte sie Peter in seine Bettdecke.

*

Am nächsten Nachmittag, das Tagwerk war getan, langsam kroch die Dunkelheit zu den Fenstern herein, überlegte Annuschka, wie sie das Rätsel um den Baum lösen konnte. Gleich am Morgen hatte Peter sicherheitshalber angefragt, ob denn der Denkprozess bei Annuschka schon eingesetzt hatte. Warum er überhaupt wissen wollte, woher der Baum kam, wusste er anscheinend selber nicht so recht. Viele Möglichkeiten des Erkenntnisgewinns gab es letzthin nicht. Annuschka schlang sich über ihr taubengraues Kleid mit dem bauschigen Rock ihr dunkelblaues Wolltuch. Dann ging sie über den glatten, vereisten Lindenhof, dessen Lindenbäume winterkahl und mit Schnee auf den Ästen in Reihe standen, vorbei am langen Fachwerkhaus zum Haus des Direktors Johann Ludwig Schulze. Das war kein Gang, den Annuschka üblicherweise tat. Aber sie hatte es versprochen; und versprochen ist versprochen.

Der Herr Direktor Schulze hatte seine Räumlichkeiten im ältesten Haus der Anstalt, welches selbst Herr Francke schon bewohnt hatte.

Annuschka sah mit Erleichterung einen Lichtschimmer, was bedeutete, dass Herr Schulze zumindest zugegen war. Denn wie sie Peter kannte, würde er es allenfalls bis morgen aushalten, ehe er sie wieder nach dem Baum fragte.

Annuschka fasste das Tuch gegen den eisigen Wind fester zusammen und wollte gerade auf die Schwelle der Tür treten, um den Türklopfer bedienen.

Da bemerkte sie einen dieser seltsamen Lichterbögen in einem der Fenster.

Diese konnte man neuerdings hier und dort sehen. Sie waren meist aus schwarzem Metall gebogen – wie ein halber Mond – und hatten männliche Figuren, fast wie ein räumlicher Scherenschnitt.

Oberhalb der Bogenkante entlang konnte man kleine Kerzen platzieren. Und wenn man mit den Augen dicht heranging, erzählten sie eine kleine Geschichte. Annuschka hatte einmal gehört, dass sie mit dem lustigen Wort „Schwibbogen" bezeichnet wurden. Was das wohl meinte? Annuschka fand, dass die Bögen sehr festlich aussahen und in der dunklen Jahreszeit die Fenster freundlich erhellten. Johann Ludwig Schulze hatte ohne Zweifel eine Vorliebe für Weihnachten. Er wusste das Geheimnis des Baumes bestimmt zu lüften.

„Annuschkachen, Kindchen, kommen Sie herein. Was führt Sie denn um diese Uhrzeit zum Herrn Direktor? Hoffentlich nichts Außergewöhnliches?“ Wilma Jost stand in der Tür, um Annuschka Einlass zu gewähren. Wilma hatte die eigenartige Angewohnheit, jede Anrede zu verniedlichen. Aber das verübelte ihr keiner. Wilma gehörte einfach zu den Franckeschen Stiftungen. Wilma war schon immer da; keiner wusste mehr, wie lange eigentlich schon. Sie trat zur Seite und ließ Annuschka in die Wärme des alten Hauses.

*

Im Schlafsaal der Jungen herrschte eine Atmosphäre, als würde die Luft knistern. Leises, geheimnisvolles Wispern durchzog den Raum. Die Knaben waren noch immer ganz angetan von ihrem Ausflug zum Marktplatz und tauschten aufgeregt ihre Erlebnisse aus. Träume von bunten Buden, gebratenen Äpfeln, duftenden Zuckernüssen und farbenfrohem Spielzeug machten die Runde und ließen Kinderherzen auch jetzt noch in Verzückung geraten.

„Heute habe ich eine ganz besondere Geschichte für euch. Eine richtige Weihnachtsgeschichte“, machte sich Annuschka bemerkbar.

„Habt ihr alle unseren schönen Baum in der Großen Halle gesehen?“ Allgemeines eifriges Nicken folgte auf ihre Frage. „Peter wollte wissen, woher dieser Baum kommt. Weiß denn einer von euch, woher unser Baum kommt?“ Allgemeines Kopfschütteln folgte jetzt auf diese Frage. „Ich wusste das auch nicht! Nun, ich hatte Peter versprochen, dieses Rätsel zu lösen. Und stellt euch vor: Der Baum ist ein Geschenk! Jedes Jahr seit ungefähr zehn Jahren bekommt unsere Schule den Weihnachtsbaum für die Große Halle geschenkt. Der Herr Direktor Schulze hat mir erzählt, dass ein älterer vornehmer Herr, nämlich Herr Gottlieb Ahrbeck, den Baum in seinem Wald extra für uns aussucht und dann hierher sendet. Ist das nicht wunderbar?“

„Aber warum tut er das?“, fragte Peter verwundert.

„Ja, diese Frage habe ich Herrn Direktor Schulze auch gestellt. Aber ganz genau wusste er das nicht zu sagen. Es ist wohl so, dass Herr Ahrbeck in der Weihnachtszeit ein trauriges Erlebnis mit einem Kind aus seiner Familie hatte, von dem er hofft, dass es doch noch gut ausgehen wird. Und in all den Jahren schickt er als Zeichen der Hoffnung den Kindern der Franckeschen Stiftung einen Baum. Denn dafür steht ein Weihnachtsbaum mit seinem immergrünen Kleid – als Zeichen der Hoffnung, dass nach dem kalten Winter der blühende und grüne Frühling kommen wird.“

Die Kinder waren nach Annuschkas Erzählung andächtig still. Sogar Peter sagte kein Wort. Im Gegenteil.

Er schien völlig in sich selbst versunken. Annuschka wünschte Gute Nacht und überließ die Kinder ihren Träumen.

Auf dem Weg durch die ruhigen Gänge dachte auch sie wieder an die Weihnachtszeit vor vielen Jahren. An das Kind in der Saale. Auch das war vermutlich ein Unglücksfall gewesen. Annuschka fand, dass diese Geschichten in der Weihnachtszeit noch trauriger klingen, als sie ohnehin waren. An das Schicksal des Herrn Gottlieb Ahrbeck dachte Annuschka mit etwas leichterem Herzen. Denn wenn man das Glück anderer nicht aus dem Blick verliert und mit Güte anderen eine Freude zu machen bereit ist, war nach ihrem Dafürhalten noch nicht alles verloren.

*

„Und, Karl, hat der Baum in die Große Halle hineingepasst?"

„Jawohl, Herr Ahrbeck. War aber ganz schön aufregend dieses Jahr, wegen der Größe und so; aber wir haben alles hinbekommen. Die Spitze berührte fast die Decke. Bei den Kindern war wie immer große Aufregung. Alle fanden, dass es der schönste Baum war, den Sie je gesendet haben. Verbindlichste Grüße vom Herrn Direktor Schulze soll ich ausrichten."

„Das freut mich! Danke, Karl."

„War mir auch eine Freude, Sir!" – diese Anrede war nun unabdingbar, da Grete hinter Gottlieb Ahrbeck auftauchte.

„Mr. Ahrbeck, hat Karl denn den Baum für die Kinder aufstellen können? Und auch ordentlich?", fragte sie leicht skeptisch. Bei allen Vorgängen oder Besorgungen im Hause Ahrbeck, die Grete nicht selber im Blick oder Griff hatte, hatte sie stets ihre Zweifel, ob diese auch ordnungsgemäß ausgeführt wurden.

„Ja, Grete, keine Sorge. Der Baum ist wohlbehalten angekommen. Und nach Auskunft von Karl hat er für viel Freude gesorgt."

„Das will ich wohl meinen, Sir!", damit drehte sie sich erhobenen Hauptes fast hoheitsvoll um und verschwand in den heiligen Hallen ihres Küchenreiches. Die beiden Männer tauschten einen kurzen belustigten Blick, kannten sie doch Gretes hochherrschaftliches, aber auch stets kümmerndes und umsorgendes Verhalten.

*

Der folgende Tag war grau und trüb. Es hatte ganztags den Anschein, als wolle die Nacht nicht weichen. In den Räumen der Franckeschen Stiftung brannten daher bereits seit dem Morgen kleine Laternen. Jetzt zur Nachmittagszeit erhellte zusätzlich das Licht der

Kerzen die Räume. Kleine Lichtkegel ließen das Holz warm leuchten. Die Kinder waren mit allerlei Spiel beschäftigt. Nur Peter war nirgends zu sehen. Annuschka spazierte durch die Räume und fand ihn im Raritätenkabinett. Das schien neuerdings sein bevorzugter Platz zu sein.

„Peter, warum bist du denn in diesem Raum?"

„Hier ist es schön ruhig."

„Oh. Ist es denn wichtig, dass es ruhig ist?"

„Hm."

Diese einsilbigen Antworten waren eher selten bei Peter. Augenscheinlich beschäftigte ihn etwas. Annuschka wartete.

„Anna, weißt du, ich musste nachdenken."

„Worüber denn?"

„Über den Baum."

Was hatte Peter nur dieses Jahr mit den Bäumen, dachte Annuschka. Sie hatten es ihm reichlich angetan.

„Über welchen Baum, Peter? Den auf dem Marktplatz?"

Annuschka vermutete, dass er noch immer von dessen Größe und der Aktion des Aufstellens beeindruckt war. Aber sie irrte.

„Nein. Ich meine unseren Baum. Den in der Großen Halle."

Nun war Annuschka doch einigermaßen ratlos.

Sie konnte sich nämlich nicht vorstellen, welche Bewandtnis es damit haben sollte.

„Was soll denn mit dem Baum sein, Peter?"

„Anna, wir kriegen jedes Jahr diesen Baum von dem alten Herrn geschenkt. Aber was schenken wir ihm? Bekommt er auch von uns einen Baum?"

Diese Art Gedankengang verwunderte Annuschka nicht wirklich. Peter war nicht nur an all den Dingen um sich herum interessierte, er bedachte auch die Menschen, die seinen Weg kreuzten. Und er hatte ein ausgeprägtes Gerechtigkeitsempfinden.

„Nun, soweit ich weiß, schenken wir dem alten Herrn nichts. Ich weiß natürlich nicht, was der Direktor Schulze macht, aber von uns aus dem Langen Haus und von den Kindern bekommt er wohl kein Geschenk. Und einen Baum – nein, Peter das kann ich mir nicht vorstellen. Es wäre einerseits recht ungewöhnlich, gegenseitig einen Baum zu verschenken wie einen Blumenstrauß. Und andererseits – woher sollten wir einen solchen Baum nehmen?!"

„Hm …?!"

Es folgte eine längere Ruhephase.

„Peter?"

„Annuschka," diese Anrede verwendete Peter so selten, dass Annuschka beinahe zusammenzuckte. Es war ihm mit dem Folgenden offenbar sehr, sehr ernst. „Ich habe nachgedacht. Anna, wir müssen dem alten Herrn auch eine Freude machen. Es ist doch bald Weihnachten! Können wir ihm nicht auch einen Baum schenken? Oh, bitte! Wenigstens einen kleinen. Und daran hängen wir Sterne. Viele bunte Sterne. Wir Kinder basteln die Sterne."

Annuschka schaute liebevoll auf den kleinen Kerl herab. Wenn sie einmal Kinder haben sollte, wünschte sie sich ein Kind wie Peter. Aber, wenn sie ganz ehrlich sein sollte und ganz weit in ihr Herz hineinhörte, dorthin, wo sie all ihr tiefsten Wünsche fest verschlossen hielt, dann hatte sie Peter lieb wie ein eigenes Kind. Sie konnte sich nicht vorstellen, einmal nicht mehr in seiner Nähe zu sein.

„Piotr, das ist sehr lieb von dir und ein wundervoller Einfall. Für den Fall, dass hier im Haus keiner etwas dagegen hat, gibt es nur eine Schwierigkeit. Eine, wie ich fürchte, entscheidende Schwierigkeit: Woher sollten wir einen Baum nehmen? Der Wald ist zu weit weg, und auch könnten wir dort nicht sorglos und einfach ohne Weiteres einen Baum entwenden."

„Anna, das habe ich alles schon bedacht. Wir fragen den Herrn aus dem Bottischen Garten."

„Du meinst den Herrn Direktor vom Botanischen Garten?"

„Genau den!"

„Aber Peter, warum denn ausgerechnet ihn? Wir kennen ihn doch gar nicht."

„Na, er hat doch den Baum für den Markt geschenkt und ihn aufgestellt. Er kann uns bestimmt helfen. Vielleicht hat er noch einen Baum. Der wäre ja nicht für uns, sondern ein Geschenk. Und wenn wir erzählen, warum und wieso wir einen Baum brauchen, hilft er uns gewiss. Es ist doch bald Weihnachten."

Über das anhaltende Argument der baldigen Weihnacht musste Annuschka schmunzeln; es verführte Peter seit einigen Tagen dazu zu glauben, dass alles möglich sei. Und das wirkte allmählich ansteckend. Denn Peters Plan war fraglos ein sehr schöner und auch gar nicht so verkehrt. Morgen würde sie Wilma fragen, ob sie wusste, wie der Direktor des Botanischen Gartens hieß oder, wenn nötig, würde sie Herrn Direktor Johann Ludwig Schulze persönlich danach fragen. Außergewöhnliche Pläne erforderten schließlich außergewöhnliche Maßnahmen.

*

Wilma war überaus erstaunt über Annuschkas Anliegen, wusste aber selbstverständlich Rat. Und nicht nur das: Sie konnte ihr auch erklären, wie sie den Weg zum Botanischen Garten finden würde. Denn so weit im Norden der Stadt war Annuschka noch nie gewesen.

Der Weg dorthin war bezaubernd. Annuschka fragte sich, warum ihre Füße sie noch nie hier entlang getragen hatten. Von den Franckeschen Stiftung lief sie über den weihnachtlichen Marktplatz – vorbei an dem wundervollen Weihnachtsbaum – zwischen dem Roten Turm und der Marienkirche entlang, weiter bis zu dem Platz, der vor der Neuen Residenz und dem Dom gelegen war.

Dieser Ort war einzigartig. Der Dom ragte neben der Neuen Residenz auf, aber nicht zu sehr gen Himmel. Mit seinen runden Formen wirkte er eher gedrungen. Der ganze Platz strahlte Ruhe aus. Annuschka hatte ein wenig das Gefühl, in eine vergangene Zeit versetzt worden zu sein. Sie sah ihre Fußspuren im Schnee, niemand war heute bis jetzt vor ihr hier gewesen. Auch wenn sie noch gerne etwas verweilt wäre, musste Annuschka doch weiter, wollte sie noch vor der Dunkelheit wieder zurück sein. Mühsam ging es jetzt steil bergauf und vorbei an der Neumühle. Sie war die älteste Mühle der Mühlpforte, malerisch gelegen am Mühlgraben, einem kleinen Seitenarm der Saale. Und als sie die Steigerung erklommen hatte, sah Annuschka im Winterkleid die Moritzburg. Die Türme der Burg waren schneebedeckt, der Burggraben lag in winterlicher Stille – es war ein winterschöner Anblick. Von hier aus war es nur noch ein kurzes Stück des Weges. Annuschka erkannte die Anlage des Botanischen Gartens sofort. So, wie Wilma es beschrieben hatte, tauchte sie plötzlich wie eine Ebene vor ihr unter einer Winterdecke verborgen auf, nur hier und da lugten braune, verdorrte Pflanzenreste hervor.

Annuschka betrat den Garten durch ein schmiedeeisernes Tor. Die Kälte des Metalls spürte sie eisig an ihren Händen.

Der Frost kannte dieses Jahr kein Erbarmen. Niemand war zu sehen. Langsam durchschritt sie die Anlage, vorbei an Beeten, Rasenflächen, Büschen und Bäumen. Teilweise waren die Pflanzen so arrangiert, dass man sich in einer Parkanlage wähnte. Selbst in der vorherrschenden Jahreszeit hatte der Garten seinen Reiz. Und Annuschka glaubte, dass es im Frühjahr oder Sommer hier herrlich sein musste. Als sie leise Geräusche hörte, folgte sie diesen. Ein noch recht junger Mann betätigte sich unweit in einem Pflanzenbeet. Annuschka war zurückhaltend, aber kein scheuer Mensch. Trotzdem kam es ihr hier in all der Ruhe und Friedfertigkeit so vor, als würde sie den Rhythmus des Gartens stören, wenn sie sprechen oder gar rufen würde. Bedacht trat sie an das Beet heran: „Entschuldigen Sie bitte." Der junge Mann schien sie gar nicht wahrzunehmen; er war vollauf mit dem beschäftigt, was er gerade tat.

„Entschuldigen Sie bitte. Ich störe Sie nur ungern, aber hier ist niemand sonst und ich –"

Der junge Mann hob kurz den Blick, band aber zunächst das Bündel Gräser, wie es aussah, fertig zusammen und richtet sich dann aber vollends auf und schaute Annuschka direkt in die Augen. Klare blaue Augen unter einer dicken Kappe musterten Annuschka nachdrücklich, aber gelassen. Annuschka hielt mitten im Satz inne. Es war so seltsam. Diese Augen. Sie hatten die Farbe wie ein Himmel kurz vor der Nacht mitten im Winter. Ein eigenartiges Gefühl bemächtigte sich ihrer. Es war ein wichtiges Gefühl, dessen war sich Annuschka sofort sicher. Da sie aber nicht weitersprach und wahrscheinlich wie eine Statue im Schnee vor ihm stand, zog der junge Mann leicht eine Augenbraue nach oben, als wollte er sie ermuntern. Scheu, aber offen, denn Annuschka spürte, dass er keineswegs ungeduldig und ihr wohlgesonnen war, sprach sie weiter: „Entschuldigen Sie bitte. Können Sie mir wohl sagen, wo ich den Herrn Direktor von Schlechtendal finde? Und wird er jetzt zu sprechen sein?“

*

Johan blickte die junge Frau an, die dort vor ihm auf dem Gartenweg stand. Eingehüllt in ein dickes Schultertuch, die Hände in einem Fellbüschel, welches um den Hals gebunden zu sein schien, stand sie abwartend da. Sie sah durchaus gepflegt – wenn auch keinesfalls wohlhabend – aus, obschon dieses Fellbüschel augenscheinlich in die Jahre gekommen war. Sie wirkte für ihre junges Alter in sich ruhend und achtbar. Auch

wenn sie ihn leicht verunsichert ansah, hatte Johan den starken Verdacht, dass sie nichts so schnell verstören oder durcheinanderbringen konnte. Ihr Ansinnen war zwar ungewöhnlich, zumal zu dieser Jahreszeit. Aber Diederich war ein gefragter Mann, die Frau wirkte seriös und auch sonst sprach nichts dagegen.

Johan nickte, und mit den Worten „Ich zeige es Ihnen“ lief er vor ihr her.

Annuschka folgte dem jungen Mann durch die Gartenanlage. Inzwischen war ihr reichlich kalt geworden; die Hände vergrub sie tief in ihrem Muff. Auch wenn das Fell des Muffs nicht mehr ganz so flauschig und kuschelig wie voreinst war, erfüllte er noch immer seinen Zweck und wärmte ihre Hände zuverlässig. Überdies hing Annuschka an dem alten Kleidungsstück. Es war ihre letzte Erinnerung an ihre Kindheit. Und an Grunja. Grunja und kalte Winter – diese Kombination gehörte in ihren Erinnerungen untrennbar zusammen.

Der junge Mann blieb vor einem kleinen Lehmhaus stehen. Gerade als er die Tür öffnen wollte, kam aus demselben ein älterer Mann heraus.

„Oh, mein Junge, das trifft sich gut, ich wollte soeben –“ In dem Moment hatte er Annuschka bemerkt. „Wen hast du denn da bei dir?“

„Diese junge Frau –. Ich weiß gar nicht, wie sie heißt …“

„Mein Name ist Annuschka. Ich komme von den Franckeschen Stiftungen."

„Ja also, diese junge Frau Annuschka wollte dich sprechen. Ich habe sie hergeführt. Ist es dir recht?"

„Mhm. Gut. Was ich mit dir besprechen wollte, kann warten. Danke, mein Sohn, ich sehe dich später."

Mit diesen Worten hob er einladend die Arme in Richtung Haus. Der junge Mann nickte kurz, und Annuschka betrat das kleine Haus. Es war überaus klein, geradezu winzig. Es war aber zugleich das gemütlichste kleine Zuhause, was Annuschka je gesehen hatte. Sie hatte unversehens ein Gefühl der Wärme und Sicherheit. Und des Ankommens. Den seltsam vagen Eindruck der Vertrautheit.

*

„Johan, stell dir vor! Die junge Frau heute – du erinnerst dich doch?"

Und ob sich Johan erinnerte. Den Rest des Tages hatte sie in seinem Kopf herumgespukt. Es war alles äußerst seltsam. Johan hatte eine Ahnung, als sei irgendetwas passiert, irgendetwas Wichtiges. Und er hatte es verpasst. Diese Frau. Er kannte sie – oder doch nicht? Er hatte ihr Gesicht noch nie gesehen. Johan kannte nur wenige junge Frauen, da er meistens arbeitete. Aber die, die er kannte, die kannte er genau. Diese heute hier, gehörte definitiv nicht dazu. Selbst unter Berücksichtigung all der durchaus rätselschaffenden Winterkappen hätte Johan darauf jeden Schwur geleistet. Und doch. Dieses Fellbüschel, die Ausstrahlung und Körperhaltung. Gerade, als Johan den Gedanken verwerfen wollte, traf es ihn wie ein Blitz: Es war die Gouvernante vom Marktplatz mit den Kindern, als er mit der Stadtwacht den Baum aufgestellt hatte. Eigentlich hätte er nun erleichtert sein sollen. Aber da war noch etwas. Etwas nagte an ihm. Es musste dieses seltsame Fellbüschel sein. Dieses Kleidungstück war ihm schon auf dem Marktplatz aufgefallen. Das war nicht nur ungewöhnlich, sondern es hatte damit eine Bewandtnis. Nur welche?

„Junge, hörst du mir überhaupt zu?"

„Entschuldige Diederich. Was hast du gesagt? Ich war mit den Gedanken ganz woanders."

„Das habe ich gemerkt. Also, die junge Frau heute, Annuschka. Stell dir vor: Sie fragte an, ob wir ihr für die Kinder der Franckeschen Stiftung einen Baum zur Verfügung stellen können. Aber nicht für die Kinder, sondern er soll ein Geschenk für einen älteren Herren sein. Und die Anregung war unser schöner Baum auf dem Marktplatz. Was sagt du dazu?!"

Johan sah Diederich verblüfft an: „Aber wieso nur? Und wieso kommt sie damit zu dir?"

„Das ist das Wundersame an der Geschichte: Ein älterer Herr schenkt schon seit bald zehn Jahren jedes Jahr der Franckeschen Stiftung einen Weihnachtsbaum. Ausdrücklich für die Kinder dort. Und dieses Jahr wollen die Kinder ihm einen zurückschenken. Wohl insbesondere einem kleinen Knaben namens Peter scheint diese Sache ein Herzensanliegen zu sein. Und der kleine Bube hatte auch den Einfall, mich zu fragen. Er war beim Aufstellen des Baumes auf dem Markt dabei. Und die alte Wilma vom Direktor Schulze war natürlich auch da und hatte ihm in dem Zusammenhang erzählt, wer ich bin. Was für eine Idee: gegenseitig Bäume schenken wie Blumensträuße!"

„Ungewöhnlich, durchaus. Aber auch – ich weiß gar nicht, wie ich das nennen soll. Herzerwärmend?"

„Genau das dachte ich auch."

„Was hast du ihr geantwortet?"

„Ich habe ihr versprochen, einen Baum zu finden. Das sollte kein Problem sein – was hältst du von der kleinen Fichte unten am Rosenbeet? Die gehört da ohnehin nicht hin und ist dort wild gewachsen."

Johan nickte zustimmend. Der Baum war mittelgroß, kerzengerade und dicht gewachsen.

„Nur dachte ich mir, dass so eine kleine Madam und ein kleiner Bube den Baum wohl kaum allein zu dem alten Herrn bekommen. Selbst auf einem Schlitten oder etwas Vergleichbarem wäre das ein aufreibendes Unterfangen. Jedenfalls habe ich mir überlegt, dass wir da helfen könnten. Würde es dir etwas ausmachen, den Baum zu dem alten Herrn zu liefern? Es ist wohl auch nicht sonderlich weit, er wohnt in einer der Villen am Neuwerk?“

„Ja, Diederich. Das tue ich gern.“

„Dachte ich mir, mein Junge. Habe der jungen Annuschka darum im Grunde auch schon den Vorschlag unterbreitet. Sie kommt in den nächsten Tagen nochmals hierher. Sie will einen Brief für den alten Herrn von dem kleinen Peter mitgeben. Und Sterne. Die sollen als Schmuckwerk an den Baum.“

Johan war jetzt doch etwas sprachlos. Nicht, weil Diederich schon eine Zusage seiner Dienste erteilt hatte. Das war unproblematisch, denn Diederich kannte Johan gut und Johan wiederum wusste, dass Diederich nicht vorgeprescht, sondern ganz sicher unter Vorbehalt gesprochen hatte. Nein, was er erstaunlich fand, war der beinahe Wagemut der kleinen Person Peter. Denn wie es aussah, hatte er dieses Vorhaben ausgeheckt. Einen Baum einfach so in eine fremde Villa zu einem feinen Herrn schicken?

„Diederich, wird das denn gehen? Einen Baum in eine fremde Villa zu einem fremden Herrn liefern? Was wird der davon halten?“

„Nun, das werden wir erfahren, wenn du davorstehst. Vielleicht kannst du erst den Brief überreichen. Und je nach Reaktion lässt du den Baum dort oder bringst ihn eben wieder mit. Für die Kinder hoffe ich ja sehr, dass der Plan aufgeht."

Das wünschte sich Johan auch. Denn je länger er darüber nachdachte, desto mehr Freude hatte er an diesem ungewöhnlichen Abenteuer. Einen seiner Bäume in der Weihnachtszeit als Überraschung und Geschenk für einen alten Mann in ein fremdes Haus zu liefern, würde ein wundersames Ereignis werden.

*

„Peter, ich glaube, du bekommst den Baum für den älteren Herrn aus der Villa, der uns unseren Baum geschenkt hat. Der Direktor von Schlechtendal aus dem Botanischen Garten hat es mir gewissermaßen versprochen."

Peter blickte von seiner Zeichnung auf, die er gerade an einem der alten Holztische im Gemeinschaftsraum malte.

„Oh, Anna. Ich freue mich so! Bist du dir ganz sicher?"

„Naja, ziemlich sicher. Herr von Schlechtendal war sehr nett. Und ich hatte den Eindruck, dass er einen Baum finden wird. Denn er hatte mir auch schon vorgeschlagen, den Baum dann sogleich von seinem Sohn in die Villa liefern zu lassen. Und weißt du, Peter, das hatte ich noch gar nicht bedacht, wie wir diesen Baum dorthin hätten hinbekommen sollen. Und wenn er so einen Vorschlag macht, denke ich doch, dass der Baum selber auch gefunden wird."

Peter guckte zwar noch etwas skeptisch, aber vertraute Annuschkas Urteil.

„Aber Annuschka, die Sterne!? Die müssen doch an den Baum. Unbedingt!"

Annuschka, die Peters leise Zweifel gesehen hatte, lachte. Peters Eifer war ungebrochen.

„Das habe ich mit Direktor von Schlechtendal auch schon abgesprochen. Sollte sein Sohn damit einverstanden sein, den Baum zu liefern, wird er die Sterne mitnehmen. Und damit der alte Herr aus der Villa auch weiß, woher und wieso ein Baum in sein Haus kommt, haben Herr von Schlechtendal und ich uns überlegt, dass wir einen Brief von dir mitgeben. Und sollte der Sohn den Baum nicht transportieren können, finden wir einen anderen Weg."

„Puh! Ich bin ganz froh. Danke, Anna! Aber Anna, da fällt mir ein: Wir müssen ganz schnell mit allem anfangen. Weihnachten ist doch schon bald. Können wir auf der Stelle beginnen?"

Annuschka, die sich Derartiges bereits nicht nur gedacht, sondern ebenso wie Peter die knappe Zeit bis zum Weihnachtsfest im Kopf hatte, legte Papier, Feder und Tinte vor sich auf den Tisch.

„Das können wir. Ich schlage vor, wir beginnen mit

dem Brief.“ Fröhlich steckten Annuschka und Peter die Köpfe zusammen, und schnell war der Brief verfasst. Dann holte Annuschka aus einer der besonderen Schubladen einer der Kommoden bunte Papierbögen. Peter bekam ganz runde Augen, als er dieser farbenprächtigen Kostbarkeiten ansichtig wurde.

„Oh. Anna, das ist … ganz besonders schön.“

„Ja, nicht wahr!? Daraus basteln wir die Sterne für den Baum.“

Peter befühlte ehrfürchtig das schöne Papier; seine Finger berührten die Blätter ganz vorsichtig.

„Anna, das müssen ganz besondere Sterne werden.“

„Ja, Peter, das denke ich auch. Und ich habe auch schon eine Idee. Sie ist zwar nicht ganz einfach umzusetzen, und wir brauchen etwas Geduld. Aber das Ergebnis wird prächtig sein. Wir basteln heute Fröbelsterne.“

Annuschka schnitt sodann mit Peter viele bunte Streifen in unterschiedlichen Größen zu. Die Bastelei war wie vorauszusehen kniffelig. Aber als Peter einmal das Prinzip begriffen hatte, fabrizierte er freudig und in stummer Eintracht mit Annuschka vor sich hin.

Annuschkas Gedanken kehrten in den Botanischen Garten zurück. Dieses Gefühl des Ankommens in dem kleinen Haus. Warum hatte sie das dort gehabt? Sie kannte doch außer ihrer kleinen Stube mit Grunja und den Franckeschen Stiftungen nichts, was einem Zuhause nahekommen würde. Sie hatte sich beim Fortgehen das Haus in Ruhe von außen angesehen. Es hatte etwas Vertrautes. Aber Annuschka kannte nichts ringsherum. Der Turm neben dem Haus, die Gartenanlage – all das war neu für sie. Gleichwohl war es ein heimeliges Gefühl gewesen, und es wärmte Annuschka selbst jetzt. Und sie genoss es noch ein bisschen. Und auch die Erinnerung an die nachthimmelblauen Augen des jungen Mannes. Währenddessen verflocht Annuschka die Papierstreifen zu kleinen und größeren Sternen – bis die Dunkelheit die Zeit zum Abendessen ankündigte.

*

Am nächsten Vormittag, das Wochenende war angebrochen und der Dritte Advent stand vor der Tür, hüllte sich Annuschka wieder in ihre warme Winterbekleidung. Bis auf ihre Hände war sie derart eingemummelt, dass ihr Schultertuch und ihre warme Kappe nur ihr Gesicht hervorblitzen ließen. Und das war auch gut so. Denn der Weg bis zum Botanischen Garten und zurück war nach der Kenntnis, die Annuschka nun hatte, nicht zu unterschätzen. Über Nacht hatte es wieder geringfügig geschneit. Dicke Eiszapfen hingen an der Dachkante des Langen Hauses. Annuschka fror schon jetzt. Aber die Zeit eilte; der Brief und der

Baumschmuck mussten zu Herrn von Schlechtendal. Den Brief hatte Annuschka sorgsam in der kleinen Innentasche des Muffs verstaut. Die Baumspitze legte sie in eine kleine Papierschachtel, und die Sterne kamen in ein Tütchen. Alles zusammen packte Annuschka in ein kleines Bündel. Auf diese Weise sollten sämtliche Schätze wohlbehalten ankommen. Annuschka wollte geradewegs aufbrechen, als sie hinter sich ein Getrappel kleinerer Füße vernahm.

„Anna, warte auf mich!“

„Peter!“

„Anna, gehst du zum Bottischen Garten?“

„Mein Piotr“ lachte Annuschka, „das heißt Botanischer Garten. Und ja, da will ich hin. Der Brief und der Baumschmuck müssen dringend zu Herrn Direktor von Schlechtendal.“

„Anna, darf ich mitkommen? Ich muss mitkommen!“

„Aber warum denn nur Peter? Es ist sehr kalt da draußen und der Weg recht weit.“

„Anna, ich muss doch ganz sicher gehen, dass alles gut ankommt und –“

„Peter, das verspreche ich dir.“

„Anna ich weiß doch, du wirst das alles recht machen. Aber wird das auch der Herr Direktor? Bist du dir da ganz sicher?“, treuherzig sah er Annuschka an. „Und es ist doch bald Weihnachten, bitte, darf ich?“

Annuschka lachte. Peters Eifer machte auch vor einem kalten Wintertag nicht halt. Und das Argument der baldigen Weihnacht galt wohl noch ein paar Tage. Letztlich – es sprach nichts dagegen. Peter würde den Weg bewältigen und ein wenig Bewegung hatte auch im Winter sein Gutes. Annuschka würde Gesellschaft haben und nun sozusagen einen Spaziergang mit Peter machen.

„Nun dann, hurtig, Peter. In die warme Kleidung mit dir. Und vergiss die Pudelmütze und die Handschuhe nicht."

Derart warm ausgerüstet, machten sich Annuschka und Peter auf den Weg in Richtung Botanischer Garten. Und da ein Lauf zu zweit vergnüglicher als einer alleine ist, waren sie schneller, als Annuschka es in Erinnerung hatte, vor dem schmiedeeisernen Tor der Anlage. Wie auch schon beim letzten Mal war das Tor offen, aber niemand war zu sehen. Die Natur lag friedlich vor ihnen; kein Laut störte die winterliche Stille. Annuschka stapfte mit Peter den schmalen Pfad zwischen den Beeten entlang, bis das kleine Lehmhaus ins Blickfeld kam. Auch hier war heute keiner zu sehen, einsam stand das Häuschen vor ihnen. Daran hatte Annuschka nicht gedacht – es könnte freilich sein, dass keiner da war!

*

Johan genoss die Ruhe des Tages. Weil keine Arbeit anstand, war er auf den Turm der Sternwarte gestiegen. Die Stadt lag in ihrem weißen Winterkleid unter ihm. Die Saale floss wie ein dunkles Metallband dahin, an manchen Stellen mit Eisschollen wie weiße Tupfen versehen. Einige Krähen krächzten.

Da fiel Johan ein, dass Diederich erwähnt hatte, dass die junge Frau, Annuschka, demnächst den Brief für den alten Herrn bringen müsste. Andernfalls würde es bald zu spät werden mit der Baum-Überraschung. Und genau in diesem Augenblick sah Johan den nun schon bekannten Anblick einer Gestalt in bauschigen Kleidern, wollenem Umschlagtuch und Kappe. Das musste sie sein! Aber wer war die kleine Begleitung?

Johan rannte, mehrere Stufen gleichzeitig nehmend, die Treppe der Sternwarte hinunter. Unten angekommen, rannte er beinahe die beiden Besucher schwungvoll um.

„Oh, hallo, Sie sind es tatsächlich!“

Annuschka schaute ihn leicht fragend und verwirrt an. Johan wurde etwas verlegen unter seiner warmen Mütze, aber nur etwas: „Ich habe oben vom Turm jemanden kommen sehen. Ich war mir aber nicht sicher, ob Sie es sind. Vor allem wegen des Kindes hier.“ Und er deutete mit dem Kopf auf Peter.

Annuschka, die die ganze Zeit in die unsagbar nachthimmelblauen Augen Johans geblickt hatte, wurde sich der Tatsache bewusst, dass sie dieses Mal nicht allein hier war.

„Oh ja, natürlich. Bitte entschuldigen Sie. Das hier ist Peter. Es war Peter, der den Einfall mit dem Baum hatte. Peter, das ist der Sohn vom Direktor des Botanischen Gartens."

„Guten Tag, Peter", sagte Johan und reichte Peter die Hand. „Ich freue mich, dich persönlich kennenzulernen. Aber ich bin nicht der Sohn des Herrn von Schlechtendal."

„Aber, er nannte Sie doch –", platze Annuschka heraus.

„Hallo Johan. Ich kenne dich. Ich habe dich auf dem Marktplatz gesehen. Du hast zusammen mit der Stadtwacht und dem Direktor vom Bottischen Garten den Baum aufgestellt." Mit diesen Worten schüttelte Peter sehr mannhaft gründlich die Hand von Johan. Annuschka hätte gern gewusst, was es mit den Verwandtschaftsverhältnissen auf sich hatte. Aber das war nicht der richtige Augenblick. Denn Peter war schon mitten in der Klärung der wichtigen Sachlage in Sachen Baum.

„Johan, wir haben den Brief dabei, für Herrn Ahrbeck. Das ist der alte Herr, der den Baum bekommen soll. Habt ihr denn schon einen Baum? Und dann haben wir –"

„Immer langsam. Eines nach dem anderen. Ja, Peter", lachte Johan, „wir haben einen Baum. Es ist eine prächtig gewachsene Fichte. Nicht zu klein, aber auch nicht zu groß. Wie klingt das?“

Peter nickte anerkennend fachmännisch.

„Und nun, der Brief.“

„Also,“ nahm Peter den Faden wieder auf, „den Brief wollten Annuschka und ich dem Herrn Direktor geben. Ist er da? Der Brief ist sehr wichtig. Er muss ganz unbedingt Herrn Ahrbeck gegeben werden. Damit er doch weiß, woher sein Baum kommt und wieso.“

Als Johan Peter sagte, dass Diederich nicht da war, schien das ein Unglück größeren Ausmaßes zu bedeuten. Peter rutschte unter seiner Pudelmütze ganz betrübt zusammen. „Aber Johan, der Brief muss bitte wirklich unbedingt –“

„Ich denke, Peter, dass Johan hier vielleicht den Brief an Herrn von Schlechtendal aushändigen könnte, was denkst du?,“ unterbrach Annuschka, vergewissernd den Blick Johans suchend. Peter kam augenblicklich aus seiner Mütze hervor: „Au ja, Johan, würde das gehen?“

Johan betrachtete die beiden eingemummelten Gestalten vor sich. Voller Aufrichtigkeit und Erwartung sahen sie ihn an, als würde ohne ihn eine Tragödie anstehen.

„Keine Sorge, Peter. Du kannst den Brief mir geben. Das ist sogar das Beste, denn ich werde den Baum in die Villa Ahrbeck liefern und kann den Brief dann direkt mitnehmen. Ich passe gut auf ihn auf. Versprochen."

Peter warf ihm einen kurzen kritischen Blick zu, als wollte er das Risiko abwägen. Offenbar kam er aber schnell zu dem Schluss, dass seiner neuen Bekanntschaft zu trauen war.

„Anna, bist du auch damit einverstanden?"

Annuschka, die ihren kleinen Peter kannte, hatte die Szene belustigt beobachtet.

„Ja, ich denke, so können wir das getrost machen. Johan, wir haben noch einigen Baumschmuck. Könnten wir Ihnen den auch gleich geben? Und würden Sie den dann bitte zusammen mit dem Baum abgeben?"

Johan nickte und sah zu, wie Annuschka den Brief aus dem Muff zauberte. Wieder dieses Fellbüschel! Johan kam es langsam so vor, als würde dieses Teil ihn verfolgen. Und dann gab ihm Annuschka ein kleines Bündel. Johan wollte danach greifen, als: „Warte Johan! Ganz vorsichtig. Annuschka und ich haben das gebastelt. Das ist aus Papier. Das ist ein Geschenk für den alten Herrn. Passt du gut darauf auf? Wie auf einen Schatz? Du musst es schwören."

Johan schwor, und das kleine Bündel wechselte den Besitzer.

Annuschka legte die Basteleien in Johans Hände. Ihr war nicht bange, dass er das Päckchen nicht auftragsgemäß abliefern würde. Denn Johan nahm es voller Sorgfalt und hielt es liebevoll fest. Außerdem, diese nachthimmelblauen Augen. Annuschka vertraute Johan instinktiv, und es kam ihr so vor, als wäre das das Normalste der Welt. Johans Augen sorgten dafür, dass Annuschka glaubte, angekommen zu sein. Wie schon beim ersten Mal in der Lehmhütte, war das ein Gefühl, welches Annuschka sich nicht erklären konnte. Sie wusste nur, dass sie Johan sehr mochte. Und Johan sah sie ebenfalls aufmerksam an, als überlegte er, was er als Nächstes tun oder sagen sollte.

„Johan?", lenkte da Peters Stimme die Aufmerksamkeit in die Gegenwart.

„Johan, wie erfahren wir denn, ob der alte Herr sich über den Baum gefreut hat?"

„Ich werde euch einfach eine Nachricht senden. Sobald der Baum steht, schicke ich eine Botschaft. Abgemacht?"

„Abgemacht." Peter schüttelte Johans Hand und besiegelte verschwörerisch das Abkommen.

*

Vom Botanischen Garten bis zur Villa von Gottlieb Ahrbeck war es nicht allzu weit. Johan konnte den Baum auf einem Schlitten festzurren und zu Fuß durch den Schnee in dieses wohlhabende Viertel der Stadt stapfen. Der Baum hing wegen seiner Größe überall ein wenig über. Aber es war beinahe ein lustiger Anblick – Johan, der Schlitten mit dem Baum darauf, schaukelnde und wackelnde Baumzweige auf allen Seiten. Weihnachten stand fast vor der Tür und das hier, dachte Johan vergnügt, war eindeutig eine sehr weihnachtliche Fuhre. Und wenn man noch bedenkt, dass er ein Tütchen voller bunter Sterne und eine kleine Kiste mit einem fremdartig gedrehten bauchigen Türmchen für den Baum bei sich hatte, war das alles in allem ein riesiges Weihnachtspäckchen. Und hinzukam, dass Johan Annuschka vor Augen hatte. Und diesen kleinen Kerl namens Peter. Annuschka, eingehüllt in warme Kleidung und mit ihrem Fellbüschel – dieses Teil ging Johan schlicht nicht aus dem Kopf – und Peter mit Mantel und Pudelmütze weit über den Ohren. Die beiden, insbesondere Peter, waren doch etwas besorgt gewesen. Ob Johan seine Aufgabe zufriedenstellend würde erledigen können? Johan schmunzelte, als er sich daran erinnerte, wie er Peter beim Fest der Weihnacht schwören musste, dass er die Sterne wie einen Schatz hüten und den Brief ganz bestimmt aushändigen würde. Diese gesamte Aktion mit dem Baum als solche war äußerst nett und unterhaltsam. Doch am meisten freute sich Johan darüber, Bericht zu erstatten, ob der Baum seinen Bestimmungsort wohlbehalten erreicht und ob der alte Herr Freude daran hatte. Denn – er würde Annuschka wiedersehen. Mhm, wie sie darüber denken wird? Und da er sich noch nichts zum Feste gewünscht hatte, tat er es gleich hier und jetzt: Er wünschte sich, dass er Annuschka wiedersehen würde. Und dass Annuschka sich darüber dann genauso freuen würde wie er. Johan hatte den Weg entlang des Saale-Ufers erreicht, gleich würde er an seinem Ziel angekommen sein. Die Saale – sie floss kalt und grau vor sich hin. Die Eisschollen, die Johan schon vom Turm aus gesehen hatten, waren nun deutlich zu erkennen. Obwohl ihm bisher sehr warm ums Herz war, fing Johan prompt an zu frieren. Er mochte den Fluss nicht, vor allem nicht im Winter. Zum Glück kam die Villa Ahrbeck in Sicht. Es war ein stattliches Haus mit einer breiten Auffahrt. Johan zog genau dort den Schlitten herauf, als er von einem Mann mittleren Alters in schweren Stiefeln und dicker Arbeitskleidung aufgehalten wurde: „Na, na Jungchen, was wird denn das hier, wenn es fertig ist?"

„Ich hab' eine Botschaft und eine Lieferung für den Herrn Ahrbeck, wenn's recht ist."

„Nu, recht ist das schon. Aber was denn für eine Lieferung?"

„Diesen Baum hier."

Der Mann lachte herzhaft. „Was soll denn der Herr Ahrbeck mit einem Baum? Der hat 'nen ganzen Wald davon voll."

Johan war nicht beleidigt. Er musste einfach mit-

lachen, denn die Situation war genau die, die er erwartet und sich unlängst ja auch gedacht hatte. Darum antwortet er gutmütig: „Ja, ich weiß, das muss etwas eigenartig anmuten. Mein Name ist Johan, und der Baum hier kommt mit den besten Grüßen von Herrn Direktor von Schlechtendal aus dem Botanischen Garten. Er ist ein Geschenk für Herrn Ahrbeck. Aber das geht, denke ich, nur diesen etwas an. Können Sie mich zu ihm bringen oder mich melden oder so?"

„Na, der wird Augen machen, der Herr Ahrbeck. Ein Baum! Hat man sowas schon mal gehört. Auf Ideen komm die Leute. Aber dann komm mal mit, Jungchen."

In dem Moment öffnete sich die breite Haustür.

„Karl, was plauderst du denn da. Das Holz muss in die Küche. So ein Weihnachtsgebäck schmeckt nur gebacken."

Karl ignorierte Grete und half Johan, den Baum abzuladen. Zum einen tat er das meist, wenn Grete mal wieder glaubte, ihm irgendwelche Kommandos geben zu können. Und zum anderen war das hier viel zu spannend – er wollte um keinen Preis verpassen, was aus der Sache mit dem Baum werden würde.

„So, Jungchen, wo soll der Baum denn hin?"

„Er soll ein Schmuck sein. Also vielleicht in einen größeren Raum. Ich nehme an, in diesem Haus gibt es eine Vorhalle oder etwas Vergleichbares?"

„Und ob du das annehmen kannst. Du bist in der

Villa Ahrbeck, Jungchen. Na, dann fass mal hinten den schweren Stamm an. Ich nehme die Spitze und helfe dir beim Reintragen." Und so geschah es: Johan hob den Baum vom Schlitten und verschwand fast hinter den ausladenden Zweigen. Aber er folgte einfach dem Mann namens Karl. Und da sie beide gewissenmaßen wie bei der Goldenen Gans an einem Ding zusammenhingen, konnte nach Johans Meinung gar nichts schief gehen. Wenigstens nicht mit dem Baum.

Aber er hatte die Rechnung ohne Grete gemacht. Grete sah nur ein riesiges grünes Ungetüm, das da in ihre blitzblank geputzte Vorhalle getragen wurde. Schmutzige Stiefel schleppten Schneematsch herein, Nadeln rieselten und alles roch komisch nach Wald, Dreck und überhaupt ungehörigem Kram.

„Oh Gott, oh Gott. Das kommt ja gar nicht infrage. Sofort aufhören. Was ist das für ein Unsinn?! Nix da. Sofort stopp."

„Aber Grete, was ist denn hier los, was ist das für ein Geschrei? Und was ist das für ein Gewusel?"

„Gott sei Dank, Mr. Ahrbeck. Schauen Sie, Karl schleppt mit einem fremden Bübchen einen Baum in Ihr Vestibül. Unerhört! Nichts wurde angemeldet, kein Mensch weiß, was das soll. Und sowieso – ein Baum???"

„Nur die Ruhe, Grete. Ich bin sicher, das wird sich gleich aufklären. Habe ich recht, Karl?"

„Jawohl, Sir! Das Jungchen hinter mir sagt, er kommt vom Direktor von Schlechtendal vom Botanischen Garten. Und der Baum hier sei ein Geschenk. Aber wieso und warum – das wollte er nur Ihnen selber sagen, Sir."

Und während Karl diese Erklärung abgab, setzte Johan den Baumstamm ab, klopfte sich den Schmutz von den Handschuhen und zog seine Kappe: „Guten Tag Herr Ahrbeck. Ich –"

In der Sekunde gellte ein ohrenbetäubender, aber gleichzeitig seltsam erstickter Schrei durch den Raum. Alle drehten sich zu Grete um, aus deren Richtung das Geräusch gekommen war. Gretes rundes Gesicht hatte rote Wangen bekommen, die Küchenschürze wrang sie in ihren Händen: „Oh Gott, oh Gott"

„Grete, was ist es nun wieder? Du bist ja ganz aufgelöst."

„Oh Gott, oh Gott, so sehen Sie doch, Mr. Ahrbeck. Die goldenen Haare und die blauen Augen. Master August!" Und damit rutschte sie in sich zusammen, als würde sie ohnmächtig werden. Karl und Gottlieb Ahrbeck eilten zu ihr und fingen sie gerade noch rechtzeitig auf. Sie versuchten, Grete zu beruhigen und ihr Luft zuzufächeln.

Weil Johan dabei nicht zu nahetreten wollte, hatte er derweil Zeit, sich etwas umzusehen. Die Halle war nicht nur mehr als geräumig – das kleine Lehmhaus hätte sowohl in der Fläche als auch in der Höhe mindestens dreimal hereingepasst –, sie war sehr geschmackvoll. Johan hätte eine gewisse Portion an Stuck und barockem Gold erwartet. Stattdessen war sie schlicht strukturiert und schneeweiß, nur die Querstreben des Deckengewölbes trafen auf ein rundes, ornamentreiches Deckengemälde. Dieses Gemälde – Johan war, als hätte er davon schon einmal geträumt. Das Bild tanzte vor seinen Augen; er kannte die Figuren darauf. Aber er hatte es doch noch nie gesehen? Konnte ein Traum solche lebendigen Eindrücke hervorbringen?

Plötzlich spürte Johan, dass sich die Atmosphäre um ihn herum geändert hatte. Alles war still, keiner sagte ein Wort. Die Frau namens Grete starrte ihn an, als wäre er ein Geist. Karl hielt ihre Hand, obwohl er doch vor gar nicht so langer Zeit mit ihr eher auf Kriegsfuß zu stehen schien. Und der Herr Ahrbeck, der kam langsam auf ihn zu. Johan rühre sich nicht vom Fleck. Er sah in die nachthimmelblauen Augen unter dichten grauen Augenbrauen. Johan meinte, in einen Spiegel zu schauen.

Gottlieb Ahrbeck glaubte nicht an Geister. Sein Sohn August war gestorben, vor vielen Jahren bei einem Kutschenunfall. Das stand unumstößlich fest. Aber Grete hatte recht. Der junge Mann hier in seiner Vorhalle neben dem grünen Gesträuch war das Ebenbild von August: groß, schlank, goldene Haare. Und er hatte seine, Gottliebs, Augen. Nachthimmelblau. Gottlieb Ahrbeck sah dem Jungen sekundenlang in die Augen. Der Junge erwiderte offen und ohne Scheu seinen Blick. Gottlieb Ahrbeck konnte nicht anders, ganz langsam hob er seine Hand und berührte sanft mit einem Fingen die Wange des Jungen. Es bestand kein Zweifel – das hier war kein Geist.

Die geradezu magische Szene wurde durch ein „Master Georg!“ unterbrochen. Grete hatte ihre Lebensgeister wiedergefunden und platze förmlich explosionsartig zwischen die beiden Männer. „Oh, Master Georg!“, rief sie immer wieder, die Tränen rannen über ihr Gesicht und ihre Schürze war nur noch ein einziges Stoffknäul.

„Grete, ich pflichte dir bei. Aber sieh nur, der junge Mann weiß nicht, wie ihm geschieht. Bitte entschuldigen Sie, Sie müssen uns für verrückt halten.“

Gottlieb Ahrbeck hatte die Verwirrung auf dem Antlitz des Jungen gesehen. Auch wenn er wie Grete seine Hand dafür ins Feuer gelegt hätte, das hier das Abbild Augusts vor ihm stand, waren doch viele Jahre vergangen. Und offenbar, der junge Mann konnte mit alldem soeben Geschehen nichts anfangen.

„Bitte, es muss Ihnen sehr eigenartig vorkommen. Aber wissen Sie, wer wir sind?“

Johan schüttelte noch immer irritiert den Kopf. Er hatte nicht den Anflug einer Vorstellung, was hier gerade passierte. Aber diese blauen Augen. Diese gütigen Augen. Und dieses Deckengemälde. Johan ließ seinen Blick nach oben schweifen, was der ältere Herr vor ihm bemerkte.

„Kommt Ihnen dieses Bild vertraut vor?“

Dieses Mal nickte Johan. Und seine Augen suchten nun die von Gottlieb Ahrbeck. In dessen Gesicht machte sich ein winziges, zögerliches Lächeln breit.

„Bitte, hätten Sie die Güte und sagen mir, wie Sie heißen?“

„Johan.“

„Und Ihr Familienname?“

Johan fand das nun doch etwas seltsam. Seine Familiengeschichte vor Fremdem auszubreiten, war nicht seine Art. Aber Herr Ahrbeck sah ihn voller gespannter Erwartung an, Karl schien in Stein gemeißelt zu sein, und Grete rang noch immer die Hände und wandte den Blick nicht von ihm ab. Es musste wichtig sein. Und bedeutsam.

„Das ist etwas schwierig. Meinen richtigen Namen kenne ich nicht. Aber aufgewachsen bin ich, zumindest solange ich mich erinnern kann, beim Direktor Diederich von Schlechtendal im Botanischen Garten.“

Grete und Herr Ahrbeck hatten beide die Luft angehalten.

„Solange Sie sich erinnern können?“

„Ja. Ich war ungefähr zwölf Jahre alt, da kam ich zu

Herrn von Schlechtendal und Maria, seiner Frau. An alles davor kann ich mich nicht erinnern."

„Bitte. Nur diese eine Frage noch: Wissen Sie, warum Sie sich nicht erinnern können. Oder anders gefragt, warum Sie zur Familie von Schlechtendal kamen?"

Das hatte Johan noch nie zuvor jemandem erzählt. Es war kein Geheimnis. Aber Johan sprach nicht gern darüber. So glücklich er bei Diederich und Maria war, so war doch immer ein Quäntchen Traurigkeit in seiner Seele gewesen. Und die Kälte, wenn er daran dachte – an die Saale und den Winter und das Eis. Johan zögerte.

„Bitte. Bitte glauben Sie uns, wir sind nicht neugierig. Es ist sehr wichtig. Und Sie werden gleich erfahren wieso. Ich verspreche es. Bitte."

Diesen blauen Augen, nachthimmelblaue Augen wie die seinen, konnte Johan nichts abschlagen.

„Ich kann es Ihnen nicht sicher sagen. Diederich erzählte mir, ich sei in der Saale gefunden worden. Beinahe erfroren auf dem Eis. Eine Frau und ein Mädchen fanden mich und brachten mich mit Diederichs Hilfe zu seinem Haus. Ich erinnere mich erst ab dem Zeitpunkt, da ich in Diederichs und Marias Haus unter einem Berg von Decken lag. Meine Hände waren in einem warmen Fell eingewickelt." An dieser Stelle hielt Johan inne. Das Fell. Bewusst und bildlich hatte er das zuvor so noch nie gedacht. Dass da etwas Warmes gewesen war, wusste er immer. Aber dass es Fell war –.

„Und weiter. Bitte Jungchen, sprich weiter," drängte ihn Karl, der hinzugetreten war. Alle drei sahen ihn erwartungsvoll und trotz der eher tragischen Geschichte nahezu fröhlich an. Johan unterbrach seine inneren Überlegungen und fuhr fort: „Das Mädchen schaute mir in die Augen, und dann gab sie mir – glaube ich – dieses Medaillon." Mit diesen Worten knotete Johan den Schal auf, knöpfte den oberen Knopf seines Hemdes auf und zog das Medaillon hervor.

„Dann bin ich ohnmächtig geworden. Diederich und Maria haben mich in der Folge bei sich behalten, da sie keine eigenen Kinder hatten. Auch konnten sie niemanden finden, der mich kannte oder mich vermisste. Und ich, ich hatte nichts mehr als dieses Medaillon. Und das ist auch schon alles."

Die drei Gesichter vor ihm fingen an zu strahlen. Johan fand das absonderlich, aber auf bizarre Weise vollkommen angezeigt. Auch ihm war nicht mehr kalt. Im Gegenteil, es ging ihm prächtig. Das Medaillon in seinen Händen haltend, schaute er abwartend, was nun kommen würde, in die Runde.

„Ich wusste es. Master Georg! Oh Gott, oh Gott! Komm mit, mein Junge. Du kriegst jetzt einen warmen Tee, und dann wird Mr. Ahrbeck alles erklären. Wie er es versprochen hat."

Auch wenn Gottlieb Ahrbeck manchmal der Meinung war, dass Grete geradezu generalstabsmäßig seinen Haushalt führte, war er ihr jetzt unendlich dankbar für ihre zupackende Art. Er hatte während der Erzählung des jungen Mannes geglaubt, sein Herz bliebe stehen und dann wieder, als würde es ihm bis zum Halse schlagen. All die Jahre hatte er gehofft, aber mehr gehofft als wirklich geglaubt. Und nun kam sein Enkel an genau so einem eisigen Tag wie diesem, an dem er verloren ging, buchstäblich wieder hereingeschneit. Denn dass es sein Enkel Georg war, daran bestand für Gottlieb Ahrbeck nicht der leiseste Zweifel.

Sie betraten alle den Salon, Karl und Johan sogar ganz ohne Gretes Protest samt ihrer schmutzigen Winterstiefel. Dieser Frevel war Grete entgangen, da sie ohne Unterlass am Gesicht des jungen Mannes hing. Grete ließ ihn nicht aus den Augen, für den Fall, dass er dann verschwinden würde.

Keiner wollte sich setzen, zu aufgekratzt war die Stimmung. Und so begann Gottlieb Ahrbeck im Stehen seine Geschichte: „Vor zehn Jahren, sogar ziemlich genau um diese Zeit vor Weihnachten und auch in einem eisigen Winter, ist mein Enkel Georg vom Rodeln nicht wieder nach Hause gekommen. Wir fanden nur seinen Schlitten, unten am Saale-Ufer. Mein Enkel wurde nie gefunden. Ich habe darum nie die Hoffnung aufgebeben. Und ich, wir hier alle, denken, dass Sie – dass du – dieser Enkel bist. Tatsächlich – und ich hoffe, das ist jetzt nicht zu übergriffig – bin ich mir da sicher."

Johan sah unentwegt in die gütigen Augen des älteren Herrn. Diese Mitteilung müsste ihn doch erschüttern, oder? Aber das tat sie nicht. Johan hatte von Anfang an, als er diese Augen gesehen hatte und all das um ihn herum in diesem Hause zu geschehen begann, gespürt, dass etwas Wichtiges passieren würde. Und nun war es passiert. Johan war von Natur aus unverzagt und zuversichtlich. Aber auch nicht blauäugig oder leichtgläubig. Ihm war klar, schon wegen all der vage vertrauten Eindrücke, dass es hier eine Verbindung geben konnte. Nachdenklich nickte er: „Ja, das würde vieles erklären. Und Sie haben meine Augen. Aber wieso kannte mich niemand? Wieso konnte niemand Diederich und Maria sagen, wo ich herkam?" Während er sprach, war Johan auf den Kamin zugegangen, in dem ein wärmendes Feuer prasselte. Auf dem Kaminsims wurden seine Augen von einem kleinen Bildnis angezogen. Eine Familie. Eine Frau, ein Mann und davor ein kleiner Junge von vielleicht neun oder zehn Jahren.

Gottlieb Ahrbeck folgte Johan und blieb neben ihm am Kamin stehen. Johan sah das Bild an; Gottlieb Ahrbeck sah das Bild an. Schweigen füllte die Stille. Johan sah auf und fing den Blick von Gottlieb Ahrbeck ein.

„Darf ich ‚du‘ sagen, mein Junge? Dann fällt es mir leichter.“ Johan nickte stumm. Es war klar, dass die Geschichte hier noch nicht zu Ende sein würde – oder vielmehr, dass sie hier ein Ende finden würde. Kein gutes Ende.

„Dich kannte deswegen wohl niemand, weil du erst einige Zeit damals in der Stadt warst. Deine Eltern waren kurz zuvor bei einem Unfall mit einer Kutsche ums Leben gekommen. Und da die Verwandten deiner Mutter selber eine große Kinderschar hatten, hatte man entschieden, dich zu mir zu bringen. Dein Vater, mein Sohn August, lebte mit seiner Familie weit weg, in München, und darum konnte dich hier niemand kennen. Es tut mir leid, mein Junge, sehr leid.“

Johan schluckte. Es war eine traurige Geschichte. Grotesker Weise war es jetzt gewissermaßen ein Segen, dass er sich an all das nicht erinnern konnte. Aber es erklärte alles. Sogar seine Liebe zur Höhe, die Berge ... Und ohne das Medaillon öffnen zu müssen, wusste er, dass die Bilder darin nicht seine Eltern widergaben. Die dunklen Augen beider, der schwarze Schnurrbart des Mannes, die wilden Locken der Frau. Richtig gepasst hatte das nie. Indes, Johan wollte glauben. Denn diese kleinen Bildnisse um seinen Hals waren das Letzte, was er hatte und was ihn, so dachte er, mit der Vergangenheit verbinden würde. Aber nein. Nur ein Blick auf das kleine Porträt vor ihm genügte – der Mann darauf sah Johan unheimlich ähnlich. Und auch in dem Knaben vor ihm konnte man die Ähnlichkeit trotz der jungen Jahre nicht leugnen. Doch wer waren dann die Menschen in dem Medaillon? Johan hatte immer geglaubt, dass ihm das Mädchen damals die Kette gegeben hatte, weil sie ihm gehört hatte und er sie in dem ganzen Durcheinander nur verloren und ihm vom Hals gefallen war. Denn warum hätte sie ihm etwas so Wertvolles schenken sollen?

Johan berührte sacht das kleine Bild auf dem Kaminsims. Seine Eltern.

„Ja, mein Sohn, das sind deine Eltern. Dein Vater, mein Sohn August, und deine Mutter Johanna. Johanna kam aus Bayern und hatte dort viele Geschwister. Deswegen sind sie schon kurz nach der Hochzeit dorthin gezogen. Du bist in München zur Welt gekommen." Gottlieb Ahrbeck beobachtetet Johan aufmerksam, wie er all das aufnehmen würde.

Johan war noch immer ganz in das Bildchen versunken. Johanna! Er hieß wie seine Mutter. Aber halt, das war ja gar nicht sein richtiger Name. Johan musste sich räuspern: „Und wie ist mein Name?"

„Oh, Master Georg. Er ist Georg. Sie heißen Georg!", wurde da unversehens Grete munter. Dieser Ausbruch war durchaus taktlos zu nennen, aber er löste wie ein Elefant im Raum die Gemütslage. Alle zuckten zusammen, sahen sich an und lachten.

Johan biss sich auf die Lippen, sah immer wieder in die Augen aller um ihn herum. Hier kam er also her! Und der ältere Herr vor ihm mit den nachthimmelblauen Augen, Gottlieb Ahrbeck, war sein Großvater. Sein Großvater! Er hatte einen leibhaftigen Großvater.

„Mein Junge, ich weiß, das ist wohl alles ein bisschen viel auf einmal. Aber denkst du, das ist für dich annehmbar? Kannst du mir glauben?"

„Ja, Großvater. Das kann ich. Ich muss noch darüber nachdenken, natürlich. Und darüber schlafen. Aber ich glaube dir. Nur eines weiß ich schon jetzt: Solange ich mich erinnern kann, heiße ich Johan. Und da ich nun erfahren habe, dass dieser Name dem meiner Mutter gleicht – bitte, ich möchte weiter Johan bleiben."

Gottlieb Ahrbeck lächelte: „Ja, das kann ich gut verstehen. So sei es."

„Oh Gott, oh Gott – Master Johan also!", ließ sich da Grete vernehmen. „Karl, hast du gehört, Master Johan und nicht mehr Master Georg." Karl hatte selbstverständlich gehört, hatte er doch jüngere Ohren als Grete. Und als Grete ihn erwähnte, fiel Gottlieb Ahrbeck dank dessen Anwesenheit wieder ein, dass da noch etwas gewesen war: „Ach Karl, was war es noch gleich, warum du mich sprechen wolltest oder solltest?"

Da schreckte auch Johan auf: „Der Baum! Er liegt noch in der Vorhalle!"

„Welcher Baum, Johan? Und da fällt mir überhaupt erst ein, warum bist du HEUTE HIER?"

„Ach, Herr Ahrbeck, ich meine, Großvater, das ist so: Ich liefere dir einen Baum mit den besten Grüßen von Diederich von Schlechtendal, dem Direktor des Botanischen Gartens. Aber der Baum ist nicht von Diederich, sondern er ist ein Geschenk. Diederich hat nur mit dem Baum geholfen, und ich habe ihn ausgeliefert, weswegen ich hier bin. Geschenkt bekommst du ihn aber von der Franckeschen Stiftung. Aber hier, lies selbst."

Damit händigte Johan den Brief von Annuschka und Peter aus. Gottlieb Ahrbeck nahm verwundert den Brief entgegen und entfaltete ihn. Ungläubig schaute er dann zu Johan auf, der ihn erwartungsvoll beobachtete.

„Johan, hast du gewusst – was für eine Frage, das kannst du gar nicht gewusst haben. Also, ich habe seit deinem Verschwinden jedes Jahr einen Baum den Franckeschen Stiftungen für die Kinder dort zu Weihnachten geschenkt. Als Zeichen der Hoffnung, verstehst du? Meiner Hoffnung. Auch wenn ich dich nicht mehr hatte, wollte ich anderen, die ebenfalls allein waren, eine Freude machen. Und nun machen die Kinder dort – und wenn ich das richtig verstehe, vorrangig ein Junge namens Peter und seine, wie es scheint, wohl Lehrerin Annuschka – mir eine Freude. Und was für eine Freude! Mit dem Baum haben sie dich in mein Haus gesendet!"

Gottlieb Ahrbeck war gerührt. Er wusste nicht, wohin mit seinen Emotionen. Nach all den Jahren der Traurigkeit waren mit einem Schlag Leben und Freude in die Villa Ahrbeck eingezogen. Mithin tat er das Naheliegendste, was man in solchen Situationen am besten tat: Beschäftigung.

„Johan, bring den Baum herein. Wir wollen ihn gleich aufstellen. Am besten hier direkt im Salon. Karl, der Baumständer – du weißt doch sicher, wo der zu finden ist?"

Auch Grete hatte keine Einwände mehr. Ein Baum als Geschenk war etwas ganz anderes als einfach nur ein Baum.

Nach einigem Hin und Her stand der Baum in seiner Pracht im Salon der Villa Ahrbeck.

„Johan, bitte richte dem Herr Direktor von Schlechtendal meine herzlichsten Grüße aus, dass er dem Mädchen und dem kleinen Peter geholfen hat und diesen Baum –"

„Ach du Schreck! Annuschka und Peter! Großvater, der Baum ist doch noch gar nicht komplett!"

„Wie, komplett? Master Johan, da steht doch ohne Frage ein ganzer Baum vor uns. Was soll denn da noch fehlen? Ist doch alles dran!". Grete beäugte prüfend den Baum. Ein Mangel konnte sie nicht entdecken. Aber Johan kramte bereits vorsichtig in seinem Bündel. Er hoffte inständig, dass die Gaben von Peter und Annuschka in dem ganzen Durcheinander heil geblieben sind, denn bei der ganzen Aufregung zuvor hatte er diese Mitbringsel vollkommen vergessen. Das Tütchen mit den Sternen sah nahezu unversehrt aus, nur hier und da war es etwas geknautscht. Und der kleine Karton war tipptopp.

„Mit dem Baum selber ist alles in schönster Ordnung. Nein, seht nur. Annuschka und Peter haben mir Baumschmuck mitgegeben. Den haben sie wohl gebastelt." Behutsam kamen die bunten Sterne zum Vorschein.

„Oh, wie hinreißend! Mr. Ahrbeck, ich denke, die gehören an den Baum gehangen."

„Grete, das denke ich auch." Zusammen hängten sie die Sterne an den Baum. Zierlich und dezent ergänzten sie das frische Grün der Fichte.

„Und dann gibt es noch dieses hier." Johan nahm das Kästchen und hob seinen Deckel ab. Darin lag dieses seltsame Gebilde, kunterbunt, gedreht, wie lauter kleine bauchige Kreisel übereinander, nach oben hin dünner werdend und endend in einer kleinen Spitze. „Wozu das wohl gut ist? Es sieht aus wie ein Zwiebeltürmchen."

„Mein Junge, ich meine, genau das soll es auch darstellen. Ein russisches Zwiebeltürmchen. Wie ungewöhnlich!"

„Mr. Ahrbeck, Sir. Ich weiß, was das ist. Das habe ich neulich erst gesehen. Das kommt auch auf den

Baum – ganz oben auf die Spitze." Karl drehte das kleine Teil vorsichtig um und tatsächlich – es war innen hohl. Er zog sich die Stiefel aus, stellte sich auf einen Hocker. In dem Bemühen, den Baum samt Sternen nicht zu ruinieren, brauchte es einige Versuche, ehe die bunte Baumspitze ihren Platz gefunden hatte. Als sie saß, staunten alle nicht schlecht: ein geschenkter Baum im Hause Ahrbeck voller gebastelter Sterne und mit einer bunten russischen Baumspitze! Und all das von einer jungen Frau und einem kleinen Kerl, die außer Johan noch nie jemand gesehen hatte.

Gottlieb Ahrbeck war ergriffen, fast schon überwältigt. „Johan, hast du irgendeine Vereinbarung, die beiden wiederzusehen?"

Johan strahlte: „Ja, die habe ich. Ich habe versprochen, mich zu melden und zu berichten, wie die Sache mit dem Baum ausgegangen ist."

„Mhm. Gut – Johan, lass uns Pläne schmieden! Das soll eines der schönsten Feste aller Zeiten in diesem Hause werden."

*

Am Tag vor dem Heiligen Abend saßen Annuschka und Peter – beinahe allein – im Raritätenkabinett an ihrem Lieblingsplatz in der Fensternische.

Die Kinder, die ein Zuhause hatten, waren über die

Feiertage dorthin heimgekehrt. Ein großer Teil des Personals und der lehrenden Studenten hatte ebenfalls freie Tage.

Es war ungewöhnlich ruhig im ganzen Haus.

Die angezündeten Kerzen verbreiteten eine festliche Stimmung. Peter lag, was neuerdings eine von ihm bevorzugte Haltung zu sein schien, wieder auf dem Boden, den Kopf in ein Bilderbuch vertieft.

Annuschka las ebenfalls. Hin und wieder ließ sie den Blick aus dem Fenster schweifen.

Darum wurde sie auch gewahr, dass Wilma über den Lindenhof geeilt kam – so eilends, wie es der eisig gefrorene Weg zuließ.

Was mochte Wilma so hastig zu erledigen haben? Diese Frage klärte sich flugs auf. Wilma rief schon auf dem Flur nach Annuschka.

„Wilma, was ist denn nur los? Ist etwas passiert? Ist etwas mit dem Herr Direktor Schulze?"

„Nein, nein, Annuschkachen. Alles in schönster Ordnung mit dem Herrn Direktor. Ich habe aber einen Brief von ihm. Also genauer, die Nachricht ist von ihm, dass es einen Brief für dich gibt."

„Einen Brief? Für mich? Vom Direktor Schulze?"

„Ach, Annuschkachen, nein, nein! Der Brief ist für dich. Das soll ich dir vom Direktor ausrichten. Hier ist er. Es eilt wohl sehr, darum habe ich mich schnurstracks auf den Weg zu dir gemacht."

„Danke, Wilma!“

Als Wilma wieder gegangen war, sah sich Annuschka verwundert den Brief an. Post für sie? Annuschka war verblüfft: Soweit sie sich erinnern konnte, hatte sie noch nie Post bekommen. Langsam ging Annuschka zu der Fensternische zurück und drehte dabei den Brief in ihren Händen.

„Anna?“

„Hm.“

„Anna, geht es dir gut?“

„Ja, Peter. Mir geht es gut. Aber – ich habe einen Brief bekommen.“

„Was steht denn drin?“

„Das weiß ich noch nicht.“

Während Annuschka, immer leiser werdend, Peter antwortete, öffnete sie den Umschlag. Ein Bogen schlichtes, aber vorzüglich festes Papier kam zum Vorschein. Eine schwungvolle Handschrift hatte das Blatt sauber beschrieben. Die Handschrift kannte Annuschka nicht.

Liebe Annuschka,
es wäre mir eine außerordentliche Freude, wenn Sie und der kleine Peter morgen, am Weihnachtstag in der Villa Ahrbeck meine Gäste sein könnten.
Bitte nehme Sie diese Einladung als aufrichtigen Dank für den geschenkten Weihnachtsbaum entgegen.

Soweit ich nichts Gegenteiliges von Ihnen erfahre, sende ich um 16 Uhr meine Kutsche, die sie abholen und zur Villa Ahrbeck bringen wird.
In Freude bis zum morgigen Tag
Ihr Ihnen verbundener
Gottlieb Ahrbeck

Annuschka ließ ihre Hände mit dem Briefbogen auf ihren Schoß sinken. Voller Verwunderung stahl sich ein Lächeln in ihr Gesicht: „Mein Piotr, stell dir vor: Wir sind eingeladen! Gleich morgen, am Weihnachtstag!" Peter sprang auf: „Was, wo, wie und von wem? Oh Anna, sag schon!"

Annuschka lachte mit Peter mit und seine Aufregung sprang auf sie über: „Der ältere Herr, Herr Gottlieb Ahrbeck, dem du den Baum geschenkt hast, der hat uns beide morgen eingeladen. Er hat sich wohl sehr über das Bäumchen gefreut und möchte sich mit dieser Einladung bei uns bedanken. Peter, wir werden in die Villa Ahrbeck geladen – und ..."

Annuschka grinste schelmisch und machte es ein wenig spannend.

„Und – Anna!!??"

„Und – wir werden mit einer Kutsche abgeholt und zur Villa eskortiert. Peter, wir beide ganz enorm manierlich."

Peter war nun vollends aus dem Häuschen.

„Anna, wie lange wird das noch dauern?!"

„Wir werden nachmittags gegen 4 Uhr abgeholt. Peter, in einer Kutsche durch die winterliche Stadt. Wir werden all die schönen Lichter im Schnee sehen und dabei doch nicht frieren. Was sagst du dazu?"

„Anna, das wird das schönste Weihnachten aller Zeiten!"

Annuschka strich Peter sanft über die Haare.

„Aber, wir müssen dann unsere feinsten Kleider anziehen. Peter, das bedeutet, das weiße Hemd."

„Annuschka, selbstverständlich!", antwortete Peter andächtig und stolz.

Annuschka lachte wieder und drückte Peter an sich.

*

Am nächsten Tag stand die Kutsche pünktlich vor den Franckeschen Stiftungen. Annuschka und Peter stiegen dick verhüllt ein. Für Peter war der Tag wohl der aufreibendste in seinem bisherigen kleinen Leben gewesen. Er konnte es nicht erwarten, wann denn nun die Kutsche kommen würde. Alle sonst geliebten Beschäftigungen vermochten es nicht, ihn abzulenken. Aber auch Annuschka wurde zunehmend unruhig. Wie würde es in der Villa Ahrbeck sein? Annuschka hatte nicht wirklich Bedenken. Denn sie nahm einfach an, dass ein Mensch, der Bäume verschenkt und

Waisenkinder einlädt, ein guter Mensch war. Aber Annuschka machte sich bei aller Wohlerzogenheit in den Franckeschen Stiftungen doch ein paar Gedanken, ob ihre Manieren und Umgangsformen für die Villa genügen würden. Aber diese Gedanken schwanden, als die weihnachtliche Lichterstadt an ihr vorüberzog. Annuschka erinnerte sich ganz vage an ihre Kindheit, als sie Ähnliches erlebt hatte. Aber in Halle oder als Erwachsene hatte sie noch nie in einer Kutsche gesessen, und erst recht nicht im Winter. Es war ein Zauber, ein einzigartiger Zauber. Die Pferde trabten, der Schnee knirschte und glitzerte, die Kirchtürme der Stadt bildeten eine märchenhafte Kulisse – und Peter saß ganz still neben ihr, die Schönheiten um ihn herum bewundernd. Peter griff nach Annuschkas Hand und ließ sie bis zur Villa Ahrbeck nicht mehr los.

*

Dort angekommen, fuhren Annuschka und Peter die breite Auffahrt entlang. Annuschka stieg voll Staunen aus der Kutsche: Alle Fenster waren erleuchtet, kleine Laternen beleuchteten den Eingangsbereich. Peter hielt noch immer ihre Hand. Beide blieben andächtig vor dem schönen Haus stehen.

Da ging aber schon die Tür auf und ein älterer Herr trat heraus.

„Willkommen! Bitte treten Sie näher. Sie müssen Annuschka und Peter sein? Ich bin Gottlieb Ahrbeck."

Als Annuschka und Peter nickten, winkte Gottlieb Ahrbeck sie heran, einladend in das Haus weisend. „Ich freue mich so sehr, dass Sie meiner Einladung gefolgt sind!"

„Vielen Dank, Herr Ahrbeck, für diese Einladung, über die wir uns wiederum sehr gefreut haben," sagte Annuschka und reichte Herrn Ahrbeck ihre Hand. Gottlieb Ahrbeck ergriff diese herzlich. „Bitte, so kommen Sie doch heran. Sie erfrieren sonst noch."

Annuschka und Peter traten in die große Vorhalle ein. Peter, der sich bisher hinter Annuschkas bauschigen Röcken verborgen hatte, war jetzt deutlich neben Annuschka zu sehen. Voller Neugier und Fassungslosigkeit betrachtete er die ihm fremde Welt.

„Und du musst Peter sein?"

„Ja, Herr Ahrbeck. Ich bin Peter."

„Vortrefflich! Peter, dann herzlich willkommen. Ich freue mich sehr, dass du heute mein Gast bist."

„Vielen Dank, Herr Ahrbeck. Ich freue mich auch ganz schrecklich."

Das Stimmengewirr, dass Annuschka bisher nur vernommen hatte, nahm jetzt gewissermaßen Gestalt an. Denn aus einem Nebenraum traten verschiedenste Personen, offenbar auch, um sie zu begrüßen.

Da war eine Frau, die Annuschka nicht kannte. Aber

neben ihr lief Herr von Schlechtendal, sodass Annuschka annahm, dass es seine Frau war. Dann war da eine Frau mit rundem Gesicht und einer Haube auf dem Kopf. Und ein weiterer Mann mit hageren Gesichtszügen, leicht gebeugt, wie von schwerer Arbeit gezeichnet.

Und dann war da ein junger Mann, in dem Annuschka Johan zu erkennen glaubte. Es war schon seltsam – sie hatte Johan bisher stets nur in Arbeitskleidung, warm eingehüllt in Mütze und Schal gegen die Kälte des Winters, gesehen. Doch nun sah der Mann dort eleganter, festlicher aus.

Johan hatte Annuschka ebenfalls entdeckt, wusste er doch im Gegensatz zu ihr, dass sie heute hier sein würde. Schließlich hatte er mit seinem Großvater diesen Plan einer Einladung ersonnen.

Galant nahm Johan Annuschka den Umhang und den Muff ab. Dieses Fellteil in seinen Händen – Johan sah hinab auf das flauschige Ding in seinen Händen und wusste nun endlich und augenblicklich, wann und wo er das schon einmal gesehen und gefühlt hatte. Es war dieser eisige Wintertag an der Saale vor vielen Jahren gewesen. Es hatte seine Hände so gewärmt, wie er es in letzter Zeit einige Male bei Annuschka gesehen hatte. Johan hob den Blick, um Annuschka anzusehen. Annuschka reichte ihm gleichzeitig ihre Winterkappe. Ihre wilden Locken fanden den Weg in die Freiheit und kringelten sich um ihr Gesicht. Johan sah Annuschka an. Annuschka sah Johan an – erstmals den goldenen Haarschopf über seinen nachthimmelblauen Augen vollends wahrnehmend.

„Bist du –?"

„Bist du –?"

„Deine goldenen Haare –"

„Deine wilden Locken –", sprachen beide gleichzeitig, fast flüsternd. Sie sahen sich an, Johan noch immer Annuschkas Muff und Kappe in der Hand haltend.

Gottlieb Ahrbeck schaute verwundert auf die beiden jungen Menschen vor ihm. Grete und Karl und Diederich und Maria waren ganz still geworden.

Peter sah aus seinem kindlichen Blickwinkel empor zu den Erwachsenen. Keiner sprach, keiner rührte sich. Peters kleine Hand stahl sich in die von Annuschka, als wollte er ihr Beistand leisten. Peter wusste nicht, was los war. Aber er spürte, dass etwas Außergewöhnliches passierte.

„Johan, mein Junge? ...Was ist passiert? Ihr kennt euch doch, wegen des Baumes. Oder?"

„Ja, Großvater. Aber ...", mit diesen Worten und ohne Annuschka aus den Augen zu lassen, holte Johan das Medaillon hervor; es hing auch heute wie stets um seinen Hals. Er löste die Kette und reichte das Medaillon Annuschka. Annuschka sah Johan an, dann sah sie auf den kleinen Gegenstand in seiner Hand: „Mein Medaillon! Du hast es noch immer!", flüsterte sie.

„Ja. Ich dachte all die Jahre, es wäre meins. Und dass die Bilder darin vielleicht meine Eltern sind. Aber nun weiß ich, dass es nicht so ist. Das Medaillon gehört nicht mir, nicht wahr? Es gehörte dir."

Annuschka konnte nur nicken, die kleine Kostbarkeit glitt sacht in ihre Hand. Ungläubig schaute sie darauf.

Johan schaute genauso ungläubig auf Annuschka: „Warum hast du es mir geschenkt?"

„Du hast es damals, an diesem eisigen Tag, festgehalten, als hinge dein Leben davon ab. Du hast es mehr gebraucht als ich." Mit diesen Worten eroberte ein Lächeln Johans Gesicht, dass Annuschka meinte, einen Sommerhimmel mitten im Winter zu sehen. Und Annuschka lächelte auch.

„Johan? Was hat das zu bedeuten?"

„Großvater, das heißt, dass Annuschka hier das kleine Mädchen war, das mich damals vom Eis der Saale gerettet hat."

„Aber, ich verstehe das nicht," sagte Gottlieb Ahrbeck entgeistert, „ihr kennt euch doch aus dem Botanischen Garten. So hatte ich dich jedenfalls verstanden."

Johans Augen blitzen, voller Lachen sah er Annuschka an: „Das ist auch richtig Großvater. Nur wegen all der dicken, verhüllenden Winterkleidung mit Kappe, Pudelmütze und so weiter haben wir uns nie erkannt. Ich hatte immer nur ein merkwürdiges Gefühl wegen dieses Fellbüschels hier."

„Das ist ein Muff," sagte Annuschka lachend, „und mir kamen immer deine Augen so vertraut vor."

Damit schien sich die Luft zu entladen. Alle wachten aus ihrer Erstarrung gleichzeitig auf. Maria fasste sich an die Brust, als bekomme sie keine Luft. Diederich schaute fassungslos von einem zum anderen. Grete musste sich mit einem „oh Gott, oh Gott" setzen und Luft zufächeln. Karl lächelte tatsächlich stumm vor sich hin.

Und Peter krähte: „Anna, was ist das in deiner Hand?"

Diese Frage war natürlich die Frage der Fragen und rüttelte alle nochmals auf. Alle scharrten sich nun um Annuschka und Peter. Annuschka öffnete die Hand, und alle konnten dort das kleine Medaillon liegen sehen.

„Anna, was ist das?"

„Das, mein Piotr, ist ein Medaillon," sagte Annuschka liebevoll ergriffen.

„Und was –," wollte Peter weiterfragen, als Grete wie immer ihren Pragmatismus fand: „Master Johan, Mr. Ahrbeck, das Kind steht hier ja noch immer in der Vorhalle. Sie fängt ja bei all der Aufregung noch an zu zittern. Wollen wir nicht lieber in den Salon gehen, ans Feuer, Mr. Ahrbeck?"

„Grete, goldrichtig! Wie immer! Annuschka und Peter, Johan, bitte lasst uns zuerst hinein ins Warme gehen."

Johan ergriff Annuschkas Hand und führte sie und Peter in den gemütlichen Salon. Das Kaminfeuer brannte, Kerzen leuchteten. Und dort stand der Baum!

„Oh, Anna, sieh nur! Der Baum!", Peter war neben den Baum getreten, die Hände hinter seinem Rücken verschränkt und bestaunte ihn andächtig. Gottlieb Ahrbeck trat zu Peter, seine gütigen Augen blickten auf den kleinen Knaben hinab: „Peter, genau. Dieser Baum ist prachtvoll. Ich danke dir sehr!" Peter strahlte. Annuschka trat ebenfalls hinzu. Die Sterne, die kleine bunte Spitze – alles sah exakt so aus, wie sie es sich vorgestellt hatte, dass es aussehen würde.

„Herr von Schlechtendal, vielen Dank. Sie haben mit diesem Baum eine gute Wahl getroffen."

„Es war mir eine Freude, Annuschka." Alle standen nun um den Baum herum und zollten ihm die Aufmerksamkeit, die er zweifelsohne verdiente.

Nach einer Weile zupfte Peter durchaus nachdrücklich an den Röcken Annuschkas: „Anna, ich bin ganz neugierig. Bitte sag, was ist ein Mallion."

„Ein Medaillon, Peter, das ist ein Schmuckstück, welches man öffnen kann. Schau her", und sie betätigte den kleinen Mechanismus an der Seite. Das Medaillon sprang auf. „Und darin kann man dann Bilder oder auch winzig kleine Dinge unterbringen." Alle schauten nun auf das Schmuckstück in Annuschkas Händen.

„Oh, da sind zwei Bilder, Anna. Wer ist das?"

Annuschka antwortete nicht sofort. Zärtlich betrachtete sie die beiden Gesichter. Als sie den Blick hob, sah sie in Johans nachthimmelblaue Augen, die inniglich ihren Blick auffingen. Johan kannte die Bilder so lange, dass er nur Annuschka ansehen musste, um zu wissen, wer diese beiden Menschen waren.

„Ich glaube, Peter," sagte Johan, ohne ihren Blick zu lösen, „ich glaube, das sind Annuschkas Eltern." Und dann lächelte Johan Annuschka an.

„Ja, Peter. Was Johan sagt, ist richtig. Das sind meine Mama und mein Papa."

„Oh," staunte Peter, „wieso sind die aber da drin und nicht hier?"

Da musste auch Annuschka lachen und wischte sich die winzige Träne, die ihre Wange herunterlief, mit dem Handrücken weg. „Ach, mein Piotr, du bist ein Schatz. Genau wie dieses Medaillon hier. Das ist eine ziemlich lange und auch ein wenig traurige Geschichte. Die erzähle ich vielleicht ein anderes Mal. Heute sind wir doch hier Gäste und wollen –"

Da unterbrach sie Gottlieb Ahrbeck: „Annuschka, mein Kind, wenn es Ihnen nichts ausmacht, lassen Sie uns gerne diese Geschichte hören. Sie haben meinen Johan gerettet und damit Fröhlichkeit in mein Haus gebracht. Sie sollen heute nicht traurig und mit ihren Gedanken alleine sein. Wollen Sie uns Anteil nehmen lassen?“ Dies fragte Gottlieb Ahrbeck mit so viel Liebenswürdigkeit, dass Annuschka spürte, dass er ihr Herz erleichtern wollte. Gottlieb Ahrbeck war kein neugieriger oder sensationslustiger Mann – nein, hier würde Annuschka Trost finden für all die Jahre, in denen sie keinen hatte. Und so erzählte sie von ihrer Geburt und ihrer frühen Kindheit in St. Petersburg, von dem prachtvollen Leben dort und von der plötzlichen Flucht, die sie von ihren Eltern fortriss und mit Grunja allein in Halle stranden ließ. Das Medaillon hatte ihr ihre Mutter mitgegeben; es war das Einzige, was Annuschka als Erinnerung hatte und nun wiederhatte. Sie presste es fest in ihre Hand. Die andere Hand hielt Peter in seiner kleinen Hand.

Gottlieb Ahrbeck nickte leise vor sich hin: „Deswegen das Zwiebeltürmchen für den Baum …“

In Annuschkas Augen glitzerten ein paar Tränen, als sie den Blick dieser gütigen, ebenso wunderbar nachthimmelblauen älteren Augen auffing und nickte.

„Aber Anna! Weißt du was?“

„Nein, Peter, was soll ich wissen?“

„Dann sind wir zwei Waisen – du und ich!“

Annuschka kniete sich nieder und nahm die beiden Hände von Peter in die ihrigen. Sie hatte den kleinen Kerl dermaßen in ihr Herz geschlossen, dass dieses nun fast überfloss: „Ja, mein Piotr –, und weißt du, ich habe nachgedacht. Da ich zu niemandem gehöre und du zu niemanden gehörst – was hältst du davon, wenn ich ab heute immer zu dir gehöre und du immer zu mir?“

Alle wurden sehr still im Raum. Gottlieb Ahrbeck hatte sich auf einen gepolsterten Hocker gesetzt und verfolgte die Szene mit nachdenklichem Blick. Johan schaute auf das Kind und die junge Frau zu seinen Füßen herab. Maria hatte die Hand von Diederich ergriffen. Selbst Grete gab keinen Laut von sich. Peter schaute mit ernsten und großen Augen Annuschka an. Dann lachte sein Mund, die Augen strahlten, sein ganzes Gesicht begann zu leuchten. Beide lachten sich an, als wären sie allein im Raum.

Da räusperte sich Gottlieb Ahrbeck. Annuschka zuckte leicht zusammen, als sie sich bewusst wurde, wo und bei wem sie war. Eigentlich hatte sie das im neuen Jahr bei passender Gelegenheit mit Herrn Direktor Schulze und Peter besprechen wollen. Aber nun war es einfach so aus ihr herausgeplatzt. Hier in der Villa Ahrbeck! Vor all den Leuten! Zwar sehr netten Leuten, aber doch immer noch eher Fremde für Annuschka. Gerade, als sie sich entschuldigen wollte, fing auch Gottlieb Ahrbeck an zu sprechen: „Annuschka, du hast uns – darf ich ‚du‘ sagen? – wie schön! Also, du hast damals Johan gerettet. Und du und Peter habt ihn uns dann auch noch mit dem Baum wiedergegeben.

Darum wollen wir heute euch etwas wiedergeben. Annuschka, es wäre mein, und ich denke, auch unser aller hier, Herzenswunsch, und bitte denk darüber nach, wenn du uns als deine Familie betrachten könntest. Und da Peter ganz unumstößlich zu dir gehört, soll auch Peter zu uns gehören."

Annuschka konnte nur nicken. Peter hielt weiter ihre Hände, Johan lächelte, und Grete schluchzte herzzerreißend.

Später, als alle um die festliche Tafel herumsaßen, erhob Gottlieb Ahrbeck sein Glas: „Liebe Gäste, mein Baum für die Franckeschen Stiftungen hat Peter auf die Idee gebracht, mir einen Baum zu schenken. Der Baum von Johan und Diederich für den Marktplatz brachte Peter und Annuschka in den Botanischen Garten und der Botanische Garten spendete durch Diedrichs Gnade mir einen Baum. Und dieser Baum brachte Johan zu mir. Auf die Bäume! Auf Peter!"

Alle hoben fröhlich ihr Glas. Peter war stolz wie noch nie in seinem Leben. Und Johan, Johan ergriff Anuschkas Hand. Und Annuschka, Annuschka schaute in die schönsten nachthimmelblauen Augen.

Zum Buch

Die vorliegende Geschichte ist der Phantasie entsprungen. Sie bekam jedoch viele Anregungen durch die einzigartige Architektur, die Türme und die historische Bedeutung der Stadt Halle (Saale). Gleichwohl blieb es nicht aus und sollte es auch nicht, die künstlerische Freiheit zu nutzen, wo immer es ging oder wo immer diese die Geschehnisse erst passend gemacht hat.

Die Zeitfenster sind hier mit besagter Freiheit leicht verschoben worden, insbesondere in Bezug auf die Stadt St. Petersburg und die Machtverhältnisse in Russland. Die erwähnten Weißen Nächte waren zwar rauschende Feste, die tatsächlich stattfanden und auch so genannt wurden. Aber diese wurden im Sommer unter Peter dem Großen zwischen Ende Mai bis Mitte Juli gefeiert (um 1714), da dann die Sonne in St. Petersburg nicht ganz untergeht, sodass es auch nachts hell bleibt. Zur Zeit unserer Geschichte hatte aber bereits Katharina II. den Thron Russlands (1762) bestiegen.

Die künstlerische Freiheit durchzieht auch den eigentlichen Platz des Geschehens, nämliche die Saalestadt mit ihren Orten, Gebäuden und Personen, so z. B. die Villa Ahrbeck oder die Nutzung der Räumlichkeiten oder die personelle Ausstattung der Franckeschen Stiftungen. Dort, wo Ergänzungen sinnvoll oder hilfreich sind, finden sich ausführlichere Angaben dazu im Glossar.

Glossar

Die ***Franckeschen Stiftungen*** (uspr. Glauchasche Anstalt) und der Bau eines Waisenhauses für Jungen wurden 1698 durch den Theologen und Pädagogen August Hermann Francke initiiert. Bereits 1695 gab es die erste Waisenschule. 1709 kamen dann ein Waisenhaus und eine Schule für Mädchen hinzu. Der Autorin liegen keine gesicherten Erkenntnisse darüber vor, ob es in den Franckeschen Stiftungen Lehrerinnen gab. Verbrieft ist, dass Studenten der Universität Halle Unterricht gaben und als Gegenleistung eine freie Wohnung, freies Holz und 16 Groschen Lohn erhielten. Allerdings wurden an der Martin-Luther-Universität Halle-Wittenberg erst ab 1896 weibliche Gasthörer zugelassen und erst 1908 die erste Studentin immatrikuliert.

Die ***Kunst- und Naturalienkammer*** ist eine geheimnisvolle Wunderkammer und das einzig vollständig erhaltene barocke ***Raritäten- oder Kuriositätenkabinett*** Europas. Ab 1698 wurde die Kunst- und Naturalienkammer für den Unterricht an Franckes Schulen angelegt und zeigt heute mit rund 3.000 Naturalien, Kuriositäten und Artefakten die Welt aus der Perspektive einer universalen Weltsicht. Angeordnet ist der umfassende Wissenskosmos in originalen Sammlungsschränken, die vom Altenburger Kupferstecher Gottfried August Gründler eigens für diesen Raum geschaffen und teilweise kunstvoll verziert wurden. Das Raritätenkabinett entstand nicht allein zum Staunen oder zum Kunstgenuss oder aus reiner Lust am Besitz. Das Raritätenkabinett war Teil der Schulbildung. Dieses Anschauungsmaterial kam aus der ganzen Welt, von ehemaligen Schülern, Freunden, Vertrauten, auch aus den Sammlungen des Kurfürsten. 1736 zog die Sammlung in den ehemaligen Knabenschlafsaal im Dachgeschoss des Waisenhauses. Es war frei zugänglich, sowohl für Personen der Franckeschen Stiftung als für Interessierte von außerhalb. Ob sich die Kinder der Franckeschen Stiftung hier so frei bewegen durften, wie es in dem Buch der kleine Peter tut, ist der Autorin nicht sicher bekannt.

Das ***Lange Haus*** der Franckeschen Stiftung ist das längste Fachwerkhaus Europas. Es grenzt an den berühmten ***Lindenhof*** der Anlage. Die gesamte Anlage vermittelt Besuchern den Eindruck, sich in einer eigenen Stadt in der Stadt, einem eigenen Kosmos, zu befinden.

Die ***Kulissenbibliothek*** der Franckeschen Stiftungen wurde Ende des 17. Jahrhunderts von August Hermann Francke als öffentliche Einrichtung gegründet. Seit 1728 sind die Bücher in einem eigens errichteten Zweckbau untergebracht, dessen originales Mobiliar mit den kulissenartig in den Raum gestellten Regalen komplett erhalten geblieben ist. Sie enthält heute im Altbestand etwa 50.000 Bücher und präsentiert sich nach einer Sanierung in den späten 1990er-Jahren wieder in ihrer beeindruckenden Gestalt von 1746. Sie steht Besuchern für einen kurzen Blick hinein wieder offen.

Der ***Botanische Garten*** hat seinen Ursprung im Jahr 1698, hier ließ der Professor für theoretische Medizin und königliche Leibarzt Georg Ernst Stahl in einem Teil dieses Gartens die ersten Beete pflanzen. Gut 100 Jahre später gelang es der halleschen Universität, den ganzen Grund und Boden anzukaufen und damit die Voraussetzungen für einen Botanischen Garten zu schaffen.

Der ***Direktor des Botanischen Garten***s Diederich Franz Leonhard von Schlechtendal war erst ab 1833 Direktor des Botanischen Gartens.

Die ***Sternwarte des Botanischen Garten***s wurde um 1787/88 von Carl Gotthard Langhans erbaut, welcher später auch das Brandenburger Tor in Berlin schuf.

Das ***kleine Haus im Botanischen Garten***, in dem hier Johan aufwächst, ist eigentlich kein Wohngebäude gewesen. Es ist das älteste Haus der Martin-Luther-Universität. Es ist ein kleines Waschhaus aus dem 18. Jahrhundert, welches 2016 saniert wurde. Das wertvolle Einzeldenkmal wurde mit traditionellen Handwerkstechniken wieder aufgebaut und steht als restauriertes Waschhaus heute dem Botanischen Garten als Informations- und Besucherraum zur Verfügung. Eine kleine Bank direkt davor lädt unter hohen Nadelbäumen zum Verweilen ein.

Vor etwa 600 Jahren, 1419, begann der Bau des ***Roten Turm***s. Im Roten Turm vollendete man aber erst 1999 die Installation eines Carillons (Glockenspiel), bestehend aus 76 Kirchenglocken und fünf Uhrenglocken. Bezogen auf die Anzahl der Glocken trägt der Rote Turm in seinem Baukörper damit das größte Carillon Europas und das zweitgrößte Carillon weltweit.

Die ***Marktkirche Unser Lieben Frauen***, auch ***Marienkirche*** genannt, ist die jüngste der mittelalterlichen Kirchen der Stadt Halle (Saale) und zählt zu den bedeutendsten Bauten der Spätgotik in Mitteldeutschland (Bauzeit zwischen 1529–1554). In der Marktkirche erfolgte 1546 Luthers Aufbahrung während des Leichenzuges von Eisleben nach Wittenberg. Zur Erinnerung an den Reformator gibt es im Untergeschoss ein kleines Luthermuseum, wo man die 1546 von ihm angefertigte Totenmaske und die Abdrücke seiner Hände besichtigen kann.

Die Tradition der Turmbläser auf den ***Hausmannstürmen*** der Marienkirche gibt es bis heute, auch wenn seit 1916 kein „Türmer“ mehr in 43 Meter Höhe über der Stadt wohnt.

Der ***Weihnachtsmarkt*** auf dem Marktplatz der Stadt Halle hat seine Vorläufer und sein unmittelbares Ursprungsjahr 1464 aufgrund eines Privilegs Kaiser Friedrich III. zur Durchführung eines Neujahrsmarktes. Der Charakter eines Christmarktes geht auf Anfang des 19. Jahrhunderts zurück. Der erste ***Weihnachtsbaum*** für die Bürger wurde am 13. Dezember 1926 aufgestellt. Heutzutage steht dort weiterhin jedes Jahr ein Baum, den die Stadt stets geschenkt bekommt.

Der älteste bekannte ***Schwibbogen*** datiert auf das Jahr 1740 und bestand aus Metall. Der Name leitet sich von seiner Form, der eines Schwebe- oder Strebebogens, ab, die sich in ähnlicher Form in der Architektur wiederfindet. Ursprünglich wurden im Halbrund der ersten bekannten Schwibbögen christliche Motive, dann Sonne, Mond und Sterne dargestellt. Wahrscheinlich sollte bei den ältesten Schwibbögen mit der Verwendung eines Bogens der „Himmelsbogen“ symbolisiert werden. Die späteren Motive im Bogen spiegeln den Alltag der Bergleute und ihrer Familien wider. Er vereint uralte erzgebirgische Weihnachtsbräuche und die Verkörperung bergmännischen Gedankengutes. So sind die auf dem Bogen aufgesetzten Lichter Ausdruck der Sehnsucht der Bergleute nach Tageslicht, das sie vor allem in den Wintermonaten oft über Wochen nicht zu Gesicht bekamen, sowie nach Wärme und Geborgenheit.

Der ***Fröbelstern*** ist ein dreidimensionaler Stern aus Papier, der aus vier Papierstreifen gebastelt wird. Er ist nach dem Begründer der Kindergartenbewegung Friedrich Fröbel benannt. Diese Namensgebung erfolgte jedoch erst in späterer Zeit. Die tatsächliche Entstehungszeit des Faltsternes ist nicht vollständig nachvollziehbar. Er wurde wahrscheinlich in Skandinavien schon vor 1800 gefaltet. Heute ist er neben dem Herrnhuter-Stern der bekannteste und älteste Papierstern in Deutschland.

Danksagung

Eines der schönsten Dinge daran, ein Buch abzuschließen, ist es, wenn man am Ende freudig „Danke" sagen kann.

Ich danke in der Vorbereitung den Mitarbeiterinnen und Mitarbeitern des Veranstaltungsservices und des Stadtarchivs der Stadt Halle (Saale). Sie haben mir bei der Recherche rund um den Weihnachtsmarkt der Stadt Halle (Saale) und den dazugehörigen Weihnachtsbaum nicht nur schnell und kompetent geholfen; sie haben es voll Freude und engagiert getan.

Besonderer Dank gilt dem Mitteldeutschen Verlag, der sich liebevoll und zugewandt des Buches angenommen hat. Und der die Idee hatte, es durch den jungen und talentierten Künstler Moritz Jason Wippermann zu illustrieren – auch ihm herzlichen Dank.

Jedes Buch beschäftigt auf seinem Weg viele unsichtbare hilfreiche Geister, ohne die keines der Bücher dieser Welt je erscheinen würde. Vielen Dank jenen, die mein Buch haben Realität werden lassen.

Besonders nennen möchte ich hier Erdmute Hufenreuter, die sich als meine Lektorin der Winterwunder-Sache in irre heißen Sommerwochen gewidmet hatte, herzlichen Dank.

Zuletzt, zuerst und für immer – danke Anna, danke, dass es dich gibt.

Zur Autorin

Christiane Loertzer, in Dessau geboren, ist Juristin und als solche an der TOOH GmbH/Bühnen Halle und als wissenschaftliche Mitarbeiterin an der juristischen Fakultät der Martin-Luther-Universität Halle-Wittenberg tätig. Sie arbeitet gelegentlich auch als Lektorin und Korrektorin. Neben dem Schreiben, das privat wie auch beruflich Teil ihres Lebens ist, interessiert sie sich unter anderem für Geschichte und somit auch für die der Saale-Stadt Halle mit ihren historischen Sehenswürdigkeiten. Daneben fotografiert sie und erlebt gern Kunst, Kultur und Natur. Die Autorin wohnt mit ihrer Familie in Halle (Saale).

Zum Zeichner

Moritz Jason Wippermann wurde 1991 in Halle an der Saale geboren. Nach dem Abschluss einer Ausbildung zum Gestaltungstechnischen Assistenten studierte er Kommunikationsdesign an der Hochschule Wismar. Während des Studiums vertiefte er seine zeichnerischen Fähigkeiten und beschäftigte sich ausgiebig mit dem Linolschnitt. 2015 gewann er den Druckgrafik-Wettbewerb der Leipziger Buchmesse und erhielt nach seinem Studium das Caspar-David-Friedrich Stipendium. Heute lebt und arbeitet er als freier Künstler in Dresden.
Siehe auch: www.mojawi.de

Quellen

Stadt Halle (Saale), Veranstaltungsservice
Stadt Halle (Saale), Stadtarchiv
www.halle.de
www.francke-halle.de und Infomaterial der Franckeschen Stiftung
www.campus-halensis.de
www.erzgebirgsstube.com
www.wikipedia.de

Christina Auerswald

Magdalene und die Saaleweiber

Historischer Roman

Halle an der Saale im Jahr 1693. Else lügt, doch alle denken, dass sie die Wahrheit sagt! Die Altmagd tut, als ob sie Visionen hätte. Sogar Magdalenes Mann hängt an Elses Lippen. Sieht er nicht, dass alles nur ein Schauspiel aus Berechnung ist? Wie kann er glauben, dass Magdalene zu den Saaleweibern gehört, den zauberkräftigen Frauen, die sich abends am Flussufer treffen und ihre magischen Kräfte aus Tieropfern ziehen? Magdalene kann das Lügenwerk und seine Folgen nicht hinnehmen. Doch dann steht sie in Flammen. Und bald zieht das Geschehen größere Kreise ...

„Eine intensive Auseinandersetzung mit Halles Stadtgeschichte."

Katrin Engelhardt, MDR Aktuell

1. Auflage

www.mitteldeutscherverlag.de

Gesamtherstellung: Mitteldeutscher Verlag, Halle (Saale)

ISBN 978-3-96311-602-5

Printed in the EU